鳶色の夢

惟任将軍記・光秀と天海と玄琳

間間一郎

Parade Books

戦国時代の言葉を、時代考証において、今日では一部差別表現へあたるものがあるが、当時の時代背景を鑑みて使用させていただきました。

目次

序章　寛永寺の日溜まり

蝉が鳴いている。夏の息吹を届けようとするように。当時としてはかなりの老人ではあるが気迫の感じられる高僧が一人、江戸は上野の寛永寺の一室にて一人の使者と話し込んでいた…………。

僧は体つきの立派な堂々たる体躯である。使者はこれも顔立ち卑しからぬ凛々しい青年僧侶であった。

「死んだのか…………」

「はい。六月の十五日に」

つつましやかではあるが、声がしめっている。

「玄琳様の最期の言葉は、『父上、兄上、申し訳御座らぬ』というものでした」

「…………」

僧は、その大きな体を揺らすようにしてゆっくりと天井を見上げ、しばし瞑目していたが、やがて、

「わかった。御苦労だったな。長旅の疲れをゆるりと癒やすがよかろう」

と使者をねぎらうと、また黙ってしまった。

部屋を出ようとした使者を、僧は呼び止め、

「真(まこと)に御苦労ではあるが、これから不立(ふりゅう)を呼んできてくれぬか？　儂は暫く江戸におるつもりでおるから、ここへ来るように云ってくれればよい」

青年僧侶が云う、

「はい。かしこまりました」

使者は一礼して、別の間へと下がっていった。

「あれから、もう何年がたつかのう。何度も云い聞かせていたのに」

僧は独り言をつぶやくと、また深い瞑目へ入った。

胸の中に浮かぶ、それまでの人生の走馬燈を心にうつしこむように。今は亡き玄琳。そして二人の父の想い出が胸を包んだ。どこまでも、入道雲が寛永寺を見下ろしていた。

夏も盛りを終えるかという頃に、寛永寺へと向かう僧がいた。法名は不立、玄琳の甥である。一歩一歩踏み締めるように歩く、その姿は陽炎に揺れ、ほのかに消えてゆくようでもあった。やがて、僧の待つ部屋へ案内をされる不立の姿があった。

縁側から見える境内の片隅には桔梗が咲いている。不立が桔梗に目をやった時、声がかけられた。

「こちらでお待ちです」

案内された部屋の真ん中には、僧が座っていた。

「失礼します」

「おお、不立か。待っておったぞ」

僧はさも待ちくたびれたかのように、気ぜわしげに云った。

「お変わりなく、何よりで御座います」

「堅苦しい挨拶はよい。お主を呼んだのは他でもない。近う寄れ」

まるで僧侶らしからぬ言葉遣いで僧は不立を誘い、人払いをしてから、なにやらひそひそと話し続けた。やがて、二刻（約四時間）もの長い時間が過ぎた頃に、

「では、やってくれるのだな？」

「天海様がそう仰るのならば」

「そうか」

天海と呼ばれた僧は頷き、満足そうに微笑んだ。

「ところで不立。お主、儂に聞きたい事があるそうだの」

そう云われた途端、不立は少し頬をゆるめて親しげな調子に返り、天海へ向かう。

「我が伯父の事。何故にあのような人生をおくったのか。それと祖父の事。そして、もう一人の叔父の事が聞きとう御座います」

天海は少しだけ険しい顔つきになり、しばし考え込んでから口を開くと、やや慇懃な調子で、

「うん、良い機会でもあるしの…………。しかし、他言無用であるぞ」

「はい」

天海は人払いをもう一度確認してから夏というのに障子を閉める。部屋は暗い灯明だけの世界となり、幻想的な雰囲気に包まれた。そして、

「よし、じゃあ話そう。ではまずお主のじいさんの事から話してやろう」

不立は息をのみ、相づちを打ち始めた。


天海の話に頷いている不立の胸に浮かんだものは、境内の片隅に咲いていた、秋の吐息が感じられる季節にうつくしい花が咲くという、秋の七草の一つの桔梗がそよ風に揺られている景観だった。相づちを打つ不立の胸に浮かんだまま不可思議に消えなかった。寛永も八年（一六三一）の事であった。

一章　光秀生誕

「おぎゃぁぁあっ」

元気な赤子の声が響きわたる。時は、享禄（一五二八）元年八月十七日。残暑もようやく落ち着くかという頃の美濃国可児の地で、一人の男児が産まれた。童名を熊千代、または熊太郎と云い、後に十兵衛尉と名乗るこの赤子こそ、後世に名を残す惟任日向守、明智光秀である。

「おお、よしよし」

待ちかねたように、赤子を手に取ろうとする武士を産婆がたしなめる。

「まだ産湯が終わっておりませぬものを。もう少しお待ちくださりませ」

産婆は可笑しさに堪えきれずに声を出して笑った。しかし、光綱は聞いているのかいないのか、何度も何度も、

「はやくせい。はやくしてくれ。この手に抱きたいのじゃっ」

と急かすように繰り返す。しばらくして、

「はい。お待たせいたしました。光綱様」

「おおお、これは立派な赤子じゃあ。おお、よしよし、よしよし、そなたの父じゃぞ」

今にも瞳の中へ入れるかとばかりの親馬鹿ぶりで、頬ずりをする。

「光綱様、申し訳ありませぬ、可笑しくてたまりませぬ」

「まあ、そう云うな」

子供をたしなめるように云われたのを照れ笑いで誤魔化すように、光綱は云った。

「儂の子になるのは決まっていたのだからよかろうや。ははは」

笑われた事に腹も立てずに満面に照れ笑いを浮かべるその武士は、美濃国可児明智城城主の明智玄番頭光綱。足利尊氏の頃から、土岐庶流第一の豪族として、代々、室町幕府へ仕える明智家惣領である。義弟である山岸勘解由左右衛門尉信周（のぶちか）の四男を賽子とする事を産まれる直前に約定し、いまかいまかと産まれるのを待っていたのである。

それというのも、この光綱は未だ子が無く、跡継ぎが欲しくて堪らなかったという切実な想いがあったのが光秀の誕生をして、光綱にこうさせたのかもしれない。それ程明智家惣領の光綱にとって子の無い事は切実な悩みの種であった。

赤子の実母はお市の方と云い光綱の妹である。お市の方は大永（一五二一）元年八月に山岸家へ嫁に行き、既に三人の男児があった。嫡子を進士美作守晴舎（はるいえ）と云い部屋住みで将軍家に直勤する。次男は山岸勘解由信舎。三男は進士九郎三郎賢光。四男が養子に行き、明智光秀となる。そして光秀と歳の離れた末男は産まれて直ぐに明智家へ養子に行き、後にまた筒井家の養子となった、後の陽舜房順慶である。因みに進士というのは、山岸家が賜った名字で、山岸家すなわち進士家である。信周は子沢山であり、他にも女子や男子がいたが、紙面の都合上、以下の子は略させていただく。閑話休題。

この享禄元年八月に明智家に祝い事があり、山岸家揃って、明智城に逗留中、お市の方が俄に産気づいたのを見て、光綱の父、明智入道一閑斎宗善、従五位下駿河守光継と光綱が信周へ即談して養子にもらい受ける了承を得たのだった。

この山岸家と明智家は累代の縁戚であり、先祖代々の長きに渡り互いに婿となり舅となりの間柄である。因みに光継の妻は山岸美濃守信慶の娘であり、光綱の妻、美佐保の方も信周の妹であった。つまり光綱と信周は互いに義弟となるわけだ。

その美佐保の方は大永元年二月に光綱の所へ嫁いだものの八年の間、子供が出来なかった。理由は光綱が生来極めて多病だったからだが、美佐保の方は古今貞節考心の女性にて、夫光綱の病身と子の無き事を、常に嘆き哀しみ、密かに千手観音に祈りを捧げる毎日であった。そんな祈りの日々において、妊娠中の身で通常なら来ないはずのお市の方が明智城にまいりて男児を産んだ事に、不思議な千手観音の霊験を感じた美佐保の方であった。なお、この頃に明智城城内に白雉が現れたり、白鹿が迷い込んだりする奇瑞の出来事が頻発していた。そんな事もあってか、光秀の誕生に一族の誰もが不可思議を感じずにはいられなかった。

美佐保の方は光秀を抱きあやしている光綱を微笑み乍ら見つめている。

光綱が云う、

「この子は大きくなるぞ。ああそうとも、この儂の子だからな」

自分に、そして周囲に云い聞かすかのようにやや力強い大声で云うと、感極まったのか光綱は顔を横に向け泪した。

自分が病気がちで子が出来なかった事や床に伏せる事も多い光綱にとって、この一言は神への祈りにも似た重い重い一言だった。

周りの者達はその云う所を知り乍ら、見て見ぬ振り、聞いて聞かぬ振りをし乍ら、何事も無かったかのように、口々に祝声をあげ続けた。その祝声の真ん中で光綱に抱かれている赤子が、将来に日本を背負うような大軍師、大宰相になる事など、ここにいる誰もが想いも寄らぬ事であった。

光綱はやっと授かった我が子を猫可愛がりする事無く、文武を厳しく教育した。時には自ら手取り足取り様々な事を幼い光秀へ教え込んだ。光綱にとって病の苦しみを癒す一番の薬は光秀の成長を見る事であった。

天文（一五三九）七年、光秀が十一歳の時である。光綱が死の床へついてしまった。最期の別れをしようと一族郎党が集まった。祖父、光継が光綱の右手を光秀の小さな両手と合わせ、声をかける。

「光綱判るか？　熊太郎じゃぞ」

親心からか、わずかに光継の声もしめっているようだ。

「熊太郎じゃ、光綱、熊太郎じゃぞ」

何度も繰り返すと光綱が気が付き、目を開け、光継達の方に顔を向ける。

病にむしばまられていても、気品のある顔立ちは変らず、目に宿る威圧感は失われていない。

「熊太郎か………」

「父上っっ」

「儂は、もうお迎えが来たようだ。わかるか？　死ぬのだよ」

「いいえ、父上は死なない。だって、其れがしに剣を教えてくれる時の父上は強いもの」

やりとりを聞いている周りからは、すすり泣きの声が漏れる。

光秀の言葉を聞いた光綱はにっこりと笑った。

「熊太郎、人というのは、一人で母から産まれてきて、一人で棺桶に入って死んで行くのだ。人というのは一人ぼっちだ。だからこそ、身内や友人といった人達の大切さ、ありがたさというものがある。それが判らぬ者は人であって人ではない。どんなに姿形が美しかろうと、心は夜叉、鬼じゃっ。熊太郎、お前には天賦の才がある。しかし才に溺れるな。精進を怠るな。そして、この混乱の世に何よりも大切な事は人の心を忘れてはならないという事だ。武家のしきたりは大切だが、それよりも大切なのは人としてのしきたりであるぞ。相手の心を思いやる事だ。自分の事しか考えられない者は、もはや人ではない。判るな。この父からの最後の稽古が、この言葉じゃ。目に見えない神の心にかなう心こそ、人の心のまことであるぞ。よいな、忘れるでないぞ………」

静かにそう云うと、光綱は目を閉じた。そして、翌日、光綱は息を引き取った。明応（一四九六）五年生まれの光綱は享年四十三歳で人生の幕を閉じた。

光綱は頭脳明晰で文武に優れ、心根優しく、そして不屈の精神力をもった人物であった。なにより、人間としての道、あるべき心の姿を追い求めた一生を送った。この人物が長生きをしていたら、美濃の歴史は変わったかもしれない。

光綱の死後、明智城は駿河守光継の三男の明智兵庫入道宗寂、弥次郎と名乗った従五位下兵庫守光安が城主代行となる事が、光継の命で決まった。

光継は文武両道の達人で、茶道弓馬の名人であった。長じてからの光秀の才能は、この光継の素質を十分に受け継いでいたといえよう。

この光継は子供が多くいた。嫡子で明智家惣領の光綱の他に九人以上の子供がいて、次男の光信は山岸家に養子に出ていた為に、三男の光安が光秀の成人まで後見人となり、政務を代行する事に決まったのだ。

この光安の次男が、明智大乱の時に琵琶湖の湖水渡りをした伝承で有名な後の丹波国周山城城主左馬助光春である。ある高名な学者達が光春のことを秀満と混同した為に、明智秀満として伝えられている人物だが、本名は光春であり、左馬助の前の名は弥平次。前妻が三宅大膳入道長閑の娘であり、この後の明智城落城後、妻の実家の三宅家へ蟄居した為に、三宅の名を名乗っていた期間もわずか乍らあった。その時の名が三宅弥平次と云い、光秀の躍進後は、三宅家の嫡子は光春にあやかり弥平次を明智大乱まで名乗っていた。その三宅家の嫡子で、実は光春の実子である人物こそ、後の丹波国福知山城城主、三宅弥平次こと明智秀満である。また、この三宅家自体も元は明智家から枝分かれした家である。話を元に戻そう。

「ほら、まだまだ」

光安が云う。

光秀に剣術の稽古をつけている。厳しく、激しく、こんな幼子にと想うくらいの気迫で光秀を打つ。燃えるような剣先である。

「叔父上、もう駄目です」

「馬鹿もんっ。こんな事で、そなたはへこたれるのかっっ」

怒号が響きわたる。側で見ている光安の嫡子、光春も畏れを覚えたのか、震えている。

「儂はそなたが憎くてやっているのではない。そなたに一人前になって欲しいから、こうして厳しくしているのだっっ」

また、もの凄い怒声である。普段は温厚な光安の形相も鬼のようだ。

兄、光綱が夭折した後、光秀の後見人となって、明智城を預かる身の光安は、光秀を早く一人前としようと、幼少の頃から、学問は同じ土岐氏出身の快川紹喜和尚らに委ね、自らは武術を仕込む毎日であった。しかし、城主代行である光安が光秀ばかりにつきっきりという訳にもいかないので、明智城に仮寓していた中村閑雲斎という者を槍術と兵法の教授としてつけていた。後に光秀は出藍の誉れ（弟子が師を越えて、一角の第一人者となる事）となるのである。

「そなたは、学問は出来るようだが、この戦国の世は学問だけでは駄目だ。武術も出来なければ、一命を落とす事にもなりかねんぞ」

「ううぅ、おのれぇぇっ」

光秀が打ち込むのを軽く返す光安。

「ほらほら、脇が甘い」

果てる事無く続く、剣術の指南は、もう朝から三刻（約六時間）も続いている………。

「よし、今日はこれぐらいにしようか」

光秀が限界とみると、光安は稽古の終わりを告げた。光秀は息も絶え絶えの様子で、倒れ込んでしまった。

光安が、これほどまでに光秀に武芸を仕込む訳は、実は光秀自身の望みでもあったのだ。それというのも、この光秀、物心つく幼少の頃より天下平定の大志があり、いつかは中原にて、己の腕を試してみたいとの切望を持っていた。それが叶わぬならば、仕えた君主を天下人とする道というもう一つの大志を持っていた。その場合は、末は古代中国の大軍師、太公望呂尚に匹敵する武士になろうと、心に決めていたのである。

倒れ込んだ光秀を介抱するのは、光春の役目である。すぐさま、駆け寄り抱きかかえた。

遠くから眺めているのは光春と三つ違いの光忠である。

「はぁぁあっ、兄上はよく父上のこんな稽古についてゆけるなぁ」

と、自分の事を振り返っては、嘆きとも感嘆ともとれる言葉を発す光春であった……。


ある日、快川紹喜和尚から、光秀はこう云われた。

「お主には素質がある。武士をやめて僧侶になれ、その方が世の為、人の為になる」

当時すでに名僧の誉れが高かった快川和尚にこう云わせるほど学問の吸収が早く、造詣が深くなった光秀であった。

ある時、光秀が云う、

「快川師。其れがしは策略、謀略というものが理解出来ませぬ。今の世の中に必要とは云っても、人を騙して、何が良いのでしょう。それも、全て人殺しの為ではないですか？　其れがしの望みとは矛盾するから、苦しいのです」

「うむ」

快川は一言発しただけで、沈思した。

「それはの………。お主の云う事は太平の世なればこその事じゃ。この天下大乱の世では、平安をもたらす為の嘘、これも武略じゃ。お主の言葉は理想ではあるが、現実はそうも行かぬものじゃて」

諭すように云うと、また次の書物へと移る。次は孫子である。その前は孟子であった。こんな現代から云えば、幼子とも云える光秀に六韜三略、史記、春秋左伝等々、高度な学問を教えるのも、美濃の国が乱れているせいもあったのだ。

初めは長井新九郎と云った、謀略家の武士が段々と頭角を現し、守護代を蹴散らし、天文（一五三九）七年には斉藤の姓を土岐頼芸から貰い、斉藤山城守秀龍入道道三と名乗り、ついに天文（一五四三）十一年には守護土岐頼芸を追放して事実上美濃の国主におさまっていた。

明智家は光継の次女の小見の方を天文（一五三二）元年二月十九日に道三の後室として嫁に出していた。道三は光安にとっては義弟であり、光秀にとっては義理の叔父となる。天文（一五三六）五年には帰蝶姫（後の濃姫）が産まれている。

この道三、蝮との評判とは違いなかなかの器量人で茶道、和歌を嗜み、また武芸も天下一品で槍術と鉄砲の達人であった。戦国時代前期において、これ程の教養と実力を兼ね備えた武将は、他には殆どいないと云っても決して誇張では無い。

光安にはある考えがあった………。

それは、いずれ明智家惣領になる光秀を道三の所へ預ける事である。道三の器量をいち早く見抜いた光安は、光秀の教育係りと将来の明智家の領国経営の手本とさせるべく、道三を選んだのだ。

「厭です。叔父上。あんな蝮と云われる男なぞ、腹黒いに決まっています」

「まあ、そう云うな。逢ってみれば判る」

光安に何度も云われて、渋々と道三の所へ行く日になった光秀であった。

まだ、新緑が美しくなりはじめる頃とはいえ、ほの寒い三月の初めであった。

長袴を着けて凛々しい若武者姿となった光秀は、広間に光安と共に控えていた。やがて、道三が入ってきた。

道三が部屋へ入ってくるやいなや、部屋の空気が変わった。しんと静まりかえり乍らも、謀略家とは釣り合わぬような凛とした空気が立ちこめる。

その歩く姿も座る所作も、いずれも見事な立ち振る舞いである。人品卑しからず、これほど見事な振る舞いをする武将を光秀は見た事が無かった。光安が自分に道三を逢わせたがった訳を察した光秀であった。

「余が斉藤山城守である。光安殿、余に預けたいというのは、その子か」

光安が畏まった調子で頭を垂れ乍ら云う、

「はい。明智家惣領となる、甥光秀にございます」

「うむ」

光秀の顔を見て、直ぐにただ者でないと察した道三は、

「光安殿。この子は万人の将となる相をしておるぞ」

そう云い、直ぐに光秀に向かって、

「余の所の修行は厳しいぞ」

全てを察した光秀が云う。

「承知しております」

「そうか。では今日から、この城で住まうがよい」

光安も光秀も毅然とした声で返事をする。

「畏まりました」


稲葉山は、まるでこれからの光秀の前途を表すように、穏やか乍ら、厳しさも感じさせる春の息吹の風が頬をすり抜けるさまであった。光秀は稲葉山に住み乍ら、明智城とは書簡を往復する日々をおくった。天文（一五四三）十二年三月十日に元服式をあげ明智十兵衛尉光秀と名乗った。（元服前は当然、幼名を名乗っていたのであるが、作品中では便宜上、光秀

と統一させていただいた）

この出逢いが光秀にとって、人生の大きな分岐点となった。

それから、長い月日が流れた。光秀は十八歳となっていた。天文（一五四五）十四年正月、光秀は諸国漫遊の旅に出る許可を道三からもらい、京や堺、畿内の周辺を旅して回った。京では光秀の実兄である進士美作守晴舎（はるいえ）とその嫡子の首女頭輝舎と交流を暖めた。晴舎は将軍直参だった為にこの頃から光秀も自然と幕府衆との交流が深くなり、将軍の寵愛も受ける事となった。この旅の後も京へ行く度に将軍側近や公家衆との関わりが深くなり、またその事がますます京へ行く回数を増やす事となった。後の盟友である細川藤孝との付き合いもこの頃からの事だ。また堺衆との深い繋がりも、京の幕府衆や公家衆や町衆との付き合いの中から自然と出来たものだった。この堺衆との繋がりの中で、光秀が身につけたものは鉄砲についてのあれこれである。これには、鉄砲を重要視していた道三の影響があり、光秀自身の軍略家としての先を見つめる眼というものがそうさせたのだ。

その京からの帰り道、実家である山岸家で光秀の、いや明智家の将来を決める出来事が起こった。

初夏の頃から、実父信周の所へ身を寄せていた光秀に恋心を持つ女子がいた。光秀の叔父

光信の娘、千草である。この千草、絶世の美女で、初めは従妹という事で光秀も感情を抑えていたのであるが………、

ある時に千草が光秀に告げた。

「わたくしは、兄上をお慕いもうしております」

と打ち明けた時から、二人の熱情は燃えさかり、恋仲となってしまった。やがて、千草の腹が大きくなり、周囲の知れる事となった…………。

「ばかもんっっっ」

怒声を発したのは、実父信周である。光秀は小さくなっている。

「まだ家督も継げぬ、半人前の身で、このような事態になるとは何事かっ」

もの凄い剣幕である。光信が宥める。

「まあまあ、信周様」

しかし、光秀には厳しくこう云った。

「光秀。千草と相思相愛の間である事は判っている。しかし、子供を育てるというのは、それだけでは駄目なのは判るな」

光秀は項垂れている。

「産まれてくる赤子は山岸の家の子として育てる。いつか、そなたが一人前の城主となって

から、引き取りに来るがよい」

光秀も千草も光信の云う事を聞くより他は無かった…………。

やがて年が明け、天文（一五四六）十五年の春………、

「おんぎゃゃああ」

元気な男の子が産まれた。作之丞光重と名付けられたこの赤子こそ、日本を揺るがす関ヶ原にて徳川家を勝たせた後の天海大僧正である。

しかし、光秀は赤子の顔を見る間すら無く、その頃は稲葉山城と美濃可児の明智城を往復する日々であった。

後に、光秀はこの子を引き取る事となるのだが、それが山崎大合戦後の明智家再興に、複雑な光と影を投げつけるものである事を、今はまだ明智家の誰も知る由はなかった。

ただ光秀が苦悩を引きずる影を時折見せるようになっていったのは、この頃からである。

春も夏も秋も冬も、光秀の胸の中は千草と光重の事でいっぱいであった。

光秀に子が出来てから、光秀は憂慮の時を過ごしていた。光重の事はごく一部の者しか知らぬ、秘密の子として育てられているのではあるが、光秀としては気が気ではない。

（逢いたい）

との言葉が胸の中へ響きわたる。勿論、千草への想いもあるのではあるが。

そんな事は、光安は百も承知である。しかし、

「ほらほら、心に迷いがあるのでは無いか？」

と、容赦なく打ち込む。

この頃となると、光秀の上達も大したもので、打ち込んでくる太刀を撥ね返し、逆に急所を突き返す。

「うぉぉおっ」

光安の喉元を光秀の太刀が襲う。光安は太刀で受けるのが精一杯である。

「ふぅ～」

光安は云った。

「光秀の太刀も鋭くなったものだの。儂も返すのが手一杯じゃ」

近くで眺めていた光忠が歓声を挙げる。光春と光忠はじっと側に控えていたが、光忠が云う、

「兄上っ。其れがしも、兄上のようになりたいっ」

光忠は子供ながらも武術に対して、興味が並々ならぬ様子である。

それもそのはず、光忠の父で光継の四男平簑三郎光久は武術に関しては明智家第一の武闘

派であり、重さ二十五斤（約十五キログラム）の大太刀を左右どちらの手でも縦横無尽に操る事が出来、戦場で敵の大将を一刀両断出来るほどの腕前であったのだから、息子の光忠の素質も窺い知れよう。事実、光秀の躍進後は光春と光忠が明智軍の中心的指揮官となり、光忠は藤田伝五行政と双璧の武闘派として勇名を馳せる事となる。それは後の事として。

光春と光忠を見つめ、光秀が云う、

「ははは。光春も光忠も直ぐに余のようになれるぞ」

「本当に御座りまするか？」

「余が嘘を云うかっ。はははっ」

光安が云う、

「おいおい、儂の立場が無かろうが。はははは」

天文十五年の夏。夜明け前から桔梗の揺れる明智城の一角で、四人は笑い声をあげ続けた。しかし、笑い声の隙間に、光秀が一人仄かに憂慮の顔を見せていた。千草と光重の事がどうしても脳裏に甦ってしまうのだった。

稲葉山城は秋の風情であった。紅葉が色づき始めては晩秋の訪れを教えていた。城の天守には道三と光秀が向き合っていた。道三はことのほか光秀を慈しみ、まるで我が子のように接していた。

「光秀、そなたに教える事はもう何も無い」

「何を仰せで。其れがしなどまだまだで御座います」

「いや、儂がもう少し若くて、そなたがいてくれたなら、儂は天下を獲れるぞ」

「其れがしには、勿体ない仰せで御座います」

「追従では無いぞ。本心じゃ」

斉藤山城守道三へこう云わせる程に、光秀は見事な武将へと成長していた。しかし、明智城の城主には、叔父光安がいくら云っても固辞し、なろうとはしなかった。

「のう、光秀。そなたは何故あとを継がぬのじゃ？　そなたほどであれば、誰も文句は云うまいに」

「…………」

顔を下に向け乍ら、光秀は微笑したままである。

「儂が後押しをしてやってもよいぞ」

「勿体ない」

かぶりをふるでもなく、光秀は下を向いたままである。

「まさか出自に拘っている訳でもあるまいに。儂など、この美濃の地に、さして縁も縁(ゆかり)も無い者が国主になっておるではないか。ましてや、そなたは前城主光綱殿の甥御であろう」

「其れがしにも、考えがありますゆえ」

初めて顔を上げて道三を見つめ、光秀は云った。

「遠慮深いのかのぅ、それも善し悪しじゃの。ははは」

道三は声をあげて笑った。光秀もつられて笑い続けた。この光秀の遠慮深さと云うのか、奥ゆかしさと云うのか、時折見せる遠慮がちになる所が光秀にはあった。これが、後の本能寺での激動に影を投げつける事になろうとは、当の光秀も気付いてはいなかった。

美濃の国はつかの間の平穏さに包まれていたが、これからの激動を道三も光秀も知る由も無かった………。


二年後、天文（一五四八）十七年の三月に嫡子義龍に稲葉山城を譲り、道三自身は鷺山城へ隠居した。そして秋の吐息も段々と深くなり、やがて凩（こがらし）が吹き荒れる頃、急に光秀の従妹で、道三の一人娘である帰蝶姫に縁談が持ち上がった。尾張の織田家の次期当主の信長との縁談であったが、それが光秀の将来に大きな影響を与える事となろうとは、光秀どころか当の縁談相手の信長も知る由も無かった。時は天文十七年の暮れも押し迫る頃であった。

天文（一五四九）十八年二月二十四日、（現在の三月の終わりにあたる）道三の一人娘で、光秀の従妹である帰蝶姫こと濃姫と尾張の織田信長との婚礼の儀が行われた。美濃の国で並ぶ者の無い美しい姫君である帰蝶姫の婚礼の儀は、美濃国で知らぬ者の無い程であった。誰もが信長を羨んだ。帰蝶姫十五歳、信長十六歳の春であった。因みに、光秀の祖父光継の叔母は織田信長の曾祖父の兄、平敏信の正室であり明智家と織田家は以前からの縁戚であった。

この婚礼以後、尾張へ入った後の帰蝶姫は鷺山殿または濃姫と呼ばれた。（現在は濃姫という呼び名の方が一般的なので、濃姫の呼び名を使わせていただく）

濃姫の婚礼の花嫁行列は三百人を超えていた。

先頭を行く婚礼奉行は堀田道空。道空の妻は光継の三女であり、道空も光秀の叔父である。そして光安が金蒔絵の鞍の馬にうち跨がり、家来五十人を従えて行列の後尾にある。光秀は光安の側にいて涼しげに前を見つめ乍ら、儀式を見守っている。

濃姫の胸の中には未来への不安もあるが、それよりも両親との別れの方が自然と泪を溢れさせていた。

それは濃姫と道三夫妻の別れでもあったが、光秀と信長の初めての出逢いでもあった。運命は確実に動いていた。二人の英雄を結びつけようと。

その親族に最前列と最後列を飾られて、花嫁は行く。しずしずと、静謐に輿は行く。

星空の下、数百の松明が揺れる。ゆるゆると揺れる。十歩で止まり、二十歩で止まる。嫁ぐべき娘が父母への想いの為に去り悩むという室町期の儀式であった。

梅の季節は終わり、桜の満開となってゆく季節であったが、まだ夜は寒い。

桜が一片、二片と落ちる。まるで別れを惜しむかのように。哀しみと喜びが交互に舞い乍ら、行き交うようでもあった。

道三と小見の方は、その行列を城門の脇で見送った。

やがて行列が見えなくなると、作法により花嫁の多幸を祈る為に門の右側で、門火を焚く。濃姫は去った。門火が燃え上がる頃、道三は黙然と城門の中へ消えた。小見の方はと云えば、去った濃姫の行列をいつまでも見送っていた。

一つ二つ桜の花びらを数えているかのように長く長く立ち止まったまま、星空が永遠であるかのように、娘の幸せを祈る母の姿がそこにあった。付き従う侍女達も、その心中をおもんばかり、寒さが残る二月の夜に、いつまでもいつまでも立ち尽くしていた。

この婚礼の二年後、天文（一五五一）二十年に小見の方は享年三十九歳で世を去るのである。小見の方の心中に虫の知らせめいたものがあったのか、その美貌を泪で濡らし乍ら、いつまでもいつまでも輿の行方を見守っていた。

一瞬、風が吹き抜け、桜がふわあっと舞った。別れの最後の幕引きのようであった。

母の泪であるかのように、一筋の星が流れた。（参考引用文献。国盗り物語　司馬遼太郎新潮社刊行）

天文（一五五一）二十年十二月五日。光秀は嫁を迎えた。しかし、それは千草ではない。光秀には許嫁がいたのである。花嫁は、明智家の重臣の美濃国土岐郡妻木城城主の妻木勘解由左右衛門尉範熙の長女で、幼名を熙子。嫁に来てからは牧の方と云った。

この時に光秀の人柄を示す有名な逸話がある。

牧の方は聡明で貞淑、容貌も美しいこと他国にも聞こえたほどであったが、婚礼直前に疱瘡の病を患い、顔の左半分が醜い痘痕（あばた）顔になってしまった。

父の範熙は、もう長女は嫁にやれぬと恐縮してしまい、光秀には隠して次女の芳子を替玉として、光秀の元へ送った。

だが、それと気付いた光秀は芳子に事情を聴き、範熙宛に手紙をしたため、それを芳子に持たせて妻木家へ届けさせた。

その手紙の文意は、

「拙者の妻と定めたのは熙子殿の他には無い。妹御から事情は聞きましたが、そんな事ぐらいで拙者の気持ちは変わりませぬ。人間に大切なのは心で御座います。何故に病に冒され、傷を負ったからと云って卑下する事がありましょうや。速やかに、熙子殿をお連れ下され。

この光秀、熈子殿を妻とする事に些かの躊躇いもありませぬ。誠心誠意、慈しむ事を誓いましょうぞ」

　との内容であった。

　これを読んだ範熈は、号泣、やがて嗚咽し、光秀への感謝の念は一生変わる事無く忠節を尽くしたという。範熈ばかりでなく、妻木家の者達全員が光秀の人柄に泪したという。

　それは当事者の牧の方が一番強く感じていた。

　光秀はこう云った。

「そなたは何も卑下することはないのじゃ。そなたは、元々美しい女御ではないか。ただ病気がそなたの顔を傷つけただけじゃ。人は顔ばかりではない。魂、その胸に宿る想いが大切なのだ。それが美しければ男は満足するのじゃ。姿形がどんなに美しくても魂が醜い男女も沢山おる。そんな者達は人の形をした鬼じゃっ。人として産まれてきたことの目的は心を磨くことにあるのじゃ。そなたのような美しい女御を迎える事が出来て、余は心から嬉しく想うぞ」

　それを聴いた牧の方の双眸から、みるみるうちに泪が溢れる。ひとつふたつ、心の琴線の震えが雫となってこぼれ落ちてゆく。その泪の数を胸に刻み続け乍ら、

（この人を愛して愛して愛し続けるの）

胸の奥深く誓った牧の方であった。

(女に生まれて、この人に出逢えて良かった)

心の底から、そう想った牧の方の想いは一生変わる事ないばかりか、また光秀の方も真摯に牧の方の愛に応えた。牧の方の死後も光秀はこの妻を愛し続けた。それは牧の方のこの時の「誓い」が光秀一人だけでなく、周囲の人誰もの胸を打つものであったからに他ならない。

牧の方の心がけは真実のものであった。その人柄は当時の名僧をして、

「菩薩様のような女性」

と云わしめたほどである。そればかりではなく、後世の俳聖松尾芭蕉をも牧の方の事を妻の鏡として詠んでいるほどである。

しかし、その牧の方も顔の傷への憂いだけは消えなかったようで、いつも側にいる光秀には、それが痛いほど判るが故に哀しい想いに囚われることもあった。

なぜなら、牧の方は長い美しい黒髪で隠しているにも拘わらず、夫の側にいる時は、醜い左半面を光秀に見せないように、いつも夫の左横に位置するように心がけているのである。十六歳の切ないほどの乙女心であった………。

天文(一五五三)二十二年四月二十日。道三とその婿、織田信長の歴史に残る会見が行われた。濃姫が嫁に行ってから、四年が経とうとしている。その数ヶ月前、鷺山城の一室で道

三と光秀が二人だけで座っている。光秀はもう二十六歳である。道三は光秀を溺愛して、その寵愛ぶりは美濃国ばかりではなく、周辺の他国へも聞こえるほどであった。

「十兵衛尉光秀。儂は婿殿と逢おうと想うが、そなたはどう想う?」

光秀は黙ったまま応えない。

「慎重な奴だな。苦しゅうない、想うがままに云うが良い」

光秀はしばし考え込む仕草をし乍ら、

「上総介信長殿は、うつけ（身内の者が云うときはうつけ。他国者が云うときはたわけと云った）の振りをしておりますな」

「ふむ。お主もそう想うか」

「はい」

「あれは策士よ。もっともお主ほどでは無いがな」

「滅相もない」

光秀はかぶりを振った。

「謙遜せずとも良い。お主が儂に終生付き従うてくれるなら、儂は天下を獲れる。何度も云うが、これは本心ぞ。それに…………」

「信長で御座りますな」

我が意を得たりというように、道三は相づちを打つ。

「そうじゃ」

「上様の天下の為にどうしても必要なのは尾張の平定」

「察しが早いの」

感心したように道三は云った。

「後は朝倉と浅井。それと六角で御座りまするな」

何故だか少し遠くを見るようにして、道三が云う、

「細川と三好は共食いよ。儂はそう見ておる」

「細川と三好を倒せるのは、この儂をおいては他にあるまい。しかし…………儂も老いた」

「儂の他に、細川と三好を倒せるのは…………」

間髪入れず、光秀が云う、

「信長で御座りましょう。後は、朝倉」

「その通りじゃ。さすが儂の軍師じゃの。はははっ」

光秀は少しも表情を変えずに、応えた。

「御意」

この道三と信長の会見こそが、後の光秀の大出世の伏線となった。天文二十二年の四月二

十日、運命は光秀と信長を結びつけつつあったのだ。光秀と信長の蜜月の始まりでもあった。しかし、それでも凪は素知らぬふうであった。今はまだ道三と光秀の笑い声だけが春の鷺山城に響いていた。凪が輝く春の真綿のようなあたたかい陽射しの中で。

光秀は冷静な男であった。それは少々の事では動じぬ強い精神力の賜物である。

光秀の印象として、繊細な線の細い人間であるという印象が多くの人に持たれているが、それは間違いである。光秀にはそういう所もあるにはあるが、それは晩年の主に丹波国平定の頃の光秀のものである。それは一般に齢を重ねて落ち着いたからであり、光秀自身は晩年でも凛とした覇気が先放つように出ていた。それが苦労を重ねて人間が丸くなったので、そういう所が出て来たのである。

その光秀の若かりし頃の性格は、かなりの短気な所があり、直ぐかっとなる割には冷静沈着さがそれを上回るという典型的な武家の名家の血筋に多い型と云えた。天文二十二年頃の光秀は覇気に溢れ、一言で云えば猪突猛進型の若武者であった。しかし、それもあと僅か数年で現れる嵐の為に、虚しく突き崩される事となる。話を元に戻そう。

もう夏が近づきつつある四月、美濃と尾張の国境の富田村の正徳寺で会見は行われる。

道三に付き従うのは、婚礼奉行でもあった堀田道空である。道三はちょっと想う所があり、会見場所へ来る信長の様子を民家に隠れて見守る事とした。

「もうすぐ、来るはずです」

道空が道三の気持ちを推し量るように云うと、やがて信長の一隊が現れた。

なんと信長は茶筅に髷を結い、腰に袋を幾つもぶら下げている奇矯な出で立ちである。

道空は呆れて道三の顔を見た。しかし、道三は真剣な顔つきで食い入るように見ている。

道三が見ているのは、その率いている軍勢の装備である。槍は通常の物よりも長く三間柄（五・四メートル強）以上もあろうかというものである。なにより鉄砲が多数あるのに吃驚した。各々、五百人ほどもあろうか。

「うむむっ」

呻（うめ）くように云うとそのまま道三は黙ってしまった。道空が何か話しかけても、深く考え込んだまま黙然と会見場所へ向かう道三だった。

やがて会見の時刻が訪れ………、
信長は、先ほどとはうってかわり、長袴の正装で会見場所に現れ道三方の従者達を唖然とさせた。立ち振る舞いも古式の礼法に則り見事なものである。

道空が云った。

「織田殿。こちらが斉藤山城守で御座る」

信長が返答する。

「であるか」

信長が会見で発した言葉は、この一言だけであったと云われている。会見は終始無言で行われ、追従の一つも互いに発することは無かったと云う。

その帰り道で道三は従者達に、

「信長をどう想うか」

と尋ねた。近習達が口々に信長の非常識さをあげて、うつけ者と想うと云うと、

「いや、奴は大した者だ。あの軍備。あの面構え。なにより会見の間中、もしも儂に不審の動きあらば、いつでも部下どもを乱入させる心づもりであったぞ。あの若さでこの儂に負けぬという気迫は大した者であった」

少し間をおいて、道三は続けた。側に従う道空に向かって、

「儂の美濃で、奴と渡り合える者は、そなたの甥の光秀しかおるまい。儂の息子達などは奴の門前に馬を繋ぐ事となるであろう」

そう云うと道三は鷺山城へ入るまで、黙って空を見つめたまま、この初老の武将は何かを決意したようであった。


城に着いた道三は直ぐに光秀を呼び寄せ、会見の始終をつぶさに語って聞かせた。特に、その軍備について詳しく話した。

「儂がそなたに鉄砲の重要性を説いた訳は知っていよう。これからは鉄砲が戦の勝敗を分ける武器となると踏んだからじゃ。まだ十代のそなたに京や堺への旅を許したのも、新しい武器の実際をその目で学んで欲しかったからじゃ。その甲斐あって、そなたは美濃国一の鉄砲使いとなっておるが。儂とお主の他に、鉄砲の重要性に気付くばかりか、実際の軍備にあそこまで採り入れているのは、周辺諸国どころか畿内中を探しても婿殿の他におるまい」

黙って聴いている光秀の目を見つめて、道三は続ける。

「儂以外に天下を獲れる武将が二人になったぞ。一人はお主。もう一人は婿殿じゃっ。儂はあの男を気に入ったぞ。そなたも奴のことを気に留めておくがよい」

（それほどまでに…………）

光秀の脳裏に強く織田信長という人物が刻まれたのは、この時であった。自身の師であり、武略も品格も兼ね備えた道三がここまで高く評価する人物に深く興味を持ったのである。その後において光秀の脳裏から、この時の道三の様子は消える事が無かった。

しかし、表面的には信長は光秀にとって、義理の従弟というだけで、この二人がもっと深く結ばれるまでにはまだまだ長い月日を必要とした。


富田での会見以来、信長の所へ道三からの使者が訪れる事が多くなった。それは手紙だけの時もあれば、道三が発明した具足を進呈して来たりする事もあった。

この時期の道三は惜しげもなく自分の軍略や政治の事を、婿の信長に進んで教えていた。

その多くは手紙による薫陶であったが、その文章の中に妻の従兄にあたるという明智十兵衛尉光秀の名が随所に現れるのに信長は気を惹かれた。その中の一つには、

「もし儂が死んだ後に、何か困った事があったら明智十兵衛尉を頼るが良い」

とまで書いてあったので、濃姫に尋ねてみようと思い立ったのだ。

自室で花を生けていた濃姫のそばへ寄り、

「のう、お濃。舅殿の手紙にいつも出て来る十兵衛尉光秀殿というのは、どのような御仁なのじゃ?」

美しい横顔をほころばせ乍ら、信長の方に向き直り、

「素晴らしいお方ですわ。稲葉の城のおなごの話題と云えば光秀殿の事と云うほどに眉目秀

麗、頭脳明晰、文武両道の御仁にあられます」
「うむ。そなたにとっては、従兄にあたるのじゃろう？」
「ええ、茶道への造詣も深く、武術は槍術、剣術、特に鉄砲においては父も一目置く達人との評判で御座います」

濃姫は、こと細かに光秀の事を夫に話して聞かせた。信長は益々興味をそそられたらしく、光秀と会いたいと濃姫に云うようにまでになっていった。

この義理の従兄弟であると云う二人は、後に日本の中心部をほぼ独占するほどの武将になるのだが、その時の芽は、この時に芽生えたと云える。

斉藤左京大夫義龍は迷っていた。父、道三が本当の父で無い事は承知の事であったが、それでも自分を可愛がる故に厳しく教育をしてくれた恩を感じているからである。しかし、道三を良く想わない重臣達の突き上げにより、謀叛をする事が自分の地位の保全の為にも良い事が判っている。もしも謀叛を止めた場合は、今度は自分が危なくなる事は目に見えているのだ。しかし、父の道三の優しい眼差しが頭から離れずに、現実と親子の情との間で苦悶していた。

戦国武将といえども心理は現代人と基本的には同じである。親子の情、慈しみの愛の情。

変わりはしない、何時の世も。

光安の所へも、その情報は集まって来ていた。傍らに控える光春に云う、

「光秀を呼んでまいれ、一大事ぞ」

光秀は二十五歳の時に、既に家督を継いでいた。つまり、後見人としての光安の意見も、また老臣達の意見も、総てを聞いての最終決定権は、今は光秀にあるという事だ。

「叔父上、いかな算段になっておりましょうや？」

「うむ、義龍殿は弟二人を謀略をもって殺し、我が明智家が中立の立場を取っている事を知り乍ら、秀龍道三殿の成敗の軍に参陣を要請してきおった。儂と重臣達の意見はあくまで中立を護るべし。であるがそなたの心中はいかばかりや？」

しばし瞑目し、光秀が答える。

「其れがしが、兵五百ほどをもって、義龍殿の陣へ参じましょう。明らかな兵力差は歴然、いかな縁（えにし）がありとても、まずは我等明智の城の命脈を保ち、道三殿は無類の戦上手、情勢が変われば直ぐに叔父上達は道三殿の陣に参じませ。我、親殺し子殺しよりも罪悪と云われる合戦上の寝返りを以ってしても、一矢を報いましょう。それは大きな賭けではありますが……………」

沈黙が軍議の席を支配する…………。

光安が意を決したように云う、

「光秀がそう云うのならば、危険は大きいがこのまま道三殿が負けるのを指をくわえて見ていては、明智も同じ運命を辿ろう」

光秀が云う、

「皆の者、出陣じゃっ」

「ははっっ」


光秀は義龍の陣に参陣したものの、機会は訪れず、義龍と秀龍道三の親子の骨肉の争いは義龍の圧倒的勝利となった。

「さすが、儂の息子じゃ」

山城守秀龍道三は、誰ともなく敗走途中の鷺山城の中腹で、義龍の陣形を見て呟いた。そして、まだ年若い馬廻り衆の若者二人に、我が子に宛てたものと婿信長に宛てた書状を託した。そして、自らは国外に逃げられる術はあったものの、まるで此処が死に場所とでも云いたげに死地の道中を選び、義龍側の軍勢に首を獲られ、手柄を争う家臣の為に、生首だけでなく、鼻すらも削がれた無惨な死を遂げた。

何の戦闘も策略も発揮する事無く、明智城へ帰った光秀の元に数日後、義龍から明智家が全兵力を出さずに日和見的な態度をとり、新しい国主への挨拶も後見人の光安をはじめ光秀も参内しなかったことで、明智家の謀叛を疑っていた。

また土岐家庶流筆頭の明智家を懐柔出来ないと判ると、東美濃だけでなく、明智家と縁戚の多い西美濃でも反乱分子が台頭してくる危険性があり、直ちに人質を出し臣従を誓うか、でなければ攻め寄せるという事実上の脅迫・宣戦布告を義龍はしてきた。


「兄上、どうなさるおつもりで？」

光春、光忠が問う、

「兵力差、また明智の城の曲輪の幾つか、特に水ノ手曲輪の改修が済んでいない今、義龍の軍勢を単独にて防ぐのは困難。こうなった以上、義龍に降っても厚遇は望めず、ならば日本（ひのもと）武士らしく最期の死に花を咲かせる所存である」

怒気を荒げ、光安が云う、

「光秀、それは我等年寄り達が引き受けた。そなた達若い者は、女衆や家臣達を出来るだけ連れ、明智の家の社稷（しゃしょく）を再興する事に人生をかけてくれっ。儂は後見人として事こうなった責任を取り、弟、光久、光廉（光近の父）と共に城を枕に討ち死にする。但し、そなた達が逃げる為の時間稼ぎと土岐源氏の生き様は義龍に見せつけてくれる」

「お、叔父上っっ」

「云うな。今生の別れじゃ、光久と光廉の剣舞の舞を肴に杯を交わそうぞ」

やがて、水ノ手曲輪から落ち延びる光秀一行の姿を見送ってから、数日激戦を繰り広げたが、兵力の差は歴然。弘治（一五五六）二年九月二十六日深夜、明智城落城。時に光安、享年五十七歳、此処にいたりて、明智城、永に断絶す。康永年中開基より二百十有余年に及び遂に落城する。

女衆や子供達を連れての逃避行は困難を極めた。明智家の縁戚として近い国外に求めるならば、甲斐の武田家、三河の徳川家、尾張の織田家であるが、光秀は裏を描き、西美濃の累代の縁戚である山岸家を頼った。山賊の危険にも晒され、落ち武者狩りの厳しい中、光春、光忠、光廉の嫡子、光近を中心に小競り合いにも似た戦闘を繰り返し乍ら、亡路を彷徨い歩いた。皆を切なく打ったのは、正室牧の方の姿だった。命が明日処か今夜にも知れぬ逃亡路においても、牧の方は長い美しい黒髪を左の顔に垂らし、尚且つ夫光秀に醜い傷跡の残る左顔面を見せまいと、か細い手で髪を押さえつける仕草を見せていたからである。もう言葉などいらない。

（おなごとは、ここまで美醜の傷というものを心から棄てる事すら出来ないものなのか……………儂に何が出来ると云うのだ。神よ、敗残の儂に何をせよと云うのだ。優しい言葉すら掛けられぬという儂に…………）

慚愧の苦しみに打ち震え乍ら、落ち武者狩りを警戒し、路を急ぐ光秀であった。

もう十月の風が凩と云えるくらいに加茂郡多田城に吹き下ろしていた。光秀は実父信周に匿われ、一時の安らぎを得ていた。逃亡者の身ではあったが、光秀にとっては我が子、作之丞光重に逢えたからだ。それは正室牧の方との長女、後に御岸の方という、そして次女、後に御敬の方という、そして三女、後に御里の方という、年子の三姉妹と庶長子光重との初めての出逢いであった。

弘治（一五五七）三年初夏、牧の方の懐妊中に光秀は、妻子一族を山岸家に預け、京へ諸国漫遊の旅に出かけた。名目上はそうであるが、実際は仕官口探しの旅である。明智家が代々縁の深い室町幕府の奉公衆や公家達を頼っては新しい仕官口、それも出来るなら家臣郎党も食わせられるだけの禄を求めての旅は困難を極めた。

秋口が迫るか、夏が終わるかという頃に公家の大野というものの紹介により、越前の朝倉氏を訪ねに加茂郡を出て行った。


臨月を迎えていた牧の方は待望の男子を、弘治三年九月五日に出産する。

山岸家の始祖は、右大将源頼朝の長男、島津豊後守忠久の長子越前国坂井郡山岸の住人島津越前守忠綱の子孫で、越前島津家の嫡流なり。忠綱の子の周防判官代忠頼が加賀国江沼郡長山庄に移住して、それより山岸の正室牧を名乗る。忠頼の曾孫が新左衛門尉蔵人光頼と云い、暦應の頃、北国にて新田義貞に味方し、暦應（一三三九）二年十月、美濃国に移り、光頼の子が長山遠江守頼基と称す。土岐弾正少弼頼遠の婿となりて、美濃厚見郡芥見城に住み、これより子孫累代に至り美濃の住人となる。頼基の娘が明智民部少弼頼重に嫁ぐ。これが両家の親縁の始祖なり。頼基の曾孫豊後守康慶が加茂郡羽間に住み、室町将軍家に直参する。後に進士美濃守と号す。その子、進士美濃守信慶。その孫が光秀の実父、信周。はじめは上京し、将軍義稙に属して、進士九郎次郎と名乗り、のち美濃へ帰り、山岸勘解由左右衛門尉と改め、加茂郡多田城に住む。信周の正室は明智玄蕃頭光綱の妹、嫡子、進士美作守晴舎、その嫡子、輝舎。輝舎の輝は足利十三代将軍義輝の一字を貰ったものである。次男、進士作左衛門尉貞連。三男、進士六郎大夫貞則。四男は養子へ行き、安田作兵衛国継を名乗る。晴舎の正室、つまり輝舎達の母は伊勢兵庫頭貞教の娘である。輝舎は弘治（一五五五）元年二月に、美濃大野郡揖斐城城主、揖斐周防守光親の娘を娶り、その名を御桂の方という。

光秀の妻、牧の方と御桂の方は仲睦まじく、まるで真の姉妹のようであり、和順限りが無かった。光秀不在の間に、嫡子熊太郎を産んだ牧の方は産後の肥立ちが悪く病に落ちて乳が出ずじまいであった。御桂の方はその直前に普賢丸を出産していたので、熊太郎の乳母にもなり、我が子のように二人の赤子を分け隔て無く育てた。牧の方は感涙に噎（むせ）び、恩返しの想いを満腔の胸の中で反芻する日々であった。

暫くして、牧の方の病が快方へ向かった時に、御桂の方の子、普賢丸が齢二歳で夭折した。輝舎、御桂の方夫婦の哀しみは天を覆うばかりで、愁嘆が限り無かった。

光秀実父信周の命にて、牧の方と談判して熊太郎を輝舎養嗣子として、山岸家惣領として育てる。

永禄（一五六六）八年五月十九日。進士晴舎・輝舎親子、松永久秀と三好三人衆の三好長逸、三好政生、岩成友通の謀叛にて、将軍義輝討ち死にの際、京都室町館にて共々討ち死にするに際し、熊太郎は信周に養育せられ、美濃大野郡桂ノ山林に蟄居して、元服後、山岸光舎と名乗った後も、乱を嫌い、常に風月の情に心を寄せ、安世の逸を楽しみ累累に過ごした。

この光舎が後の明智大乱の後、殉死を欲したが祖父信周の説得により剃髪して玄琳と名乗り、妙心寺の塔頭へ住み、後の関ヶ原にて明智軍の遺臣達を率いて徳川家を勝たせる大きな役割をした。

光舎以後、光秀の男子は永禄（一五六九）十二年十二月七日、童名、千代寿丸、元服後の十兵衛尉光慶の誕生まで待たなければならない。閑話休題。

越前朝倉氏は、大国であり、当時大国の中で最も京に近く、次代の天下人候補の最右翼であった。

その朝倉氏を訪ねる前に三河の縁戚を頼り、また将軍家奉公衆の伝（つて）も頼り、今川家に仕官しかけたが、禄との折り合いが付かなかった。

その直ぐ後に朝廷の伝を頼り、遠く中国の毛利氏へ仕官しようともしたが、此処でも毛利元就の熱望は有り難かったが、中原には遠く、また落城前からの家臣の面倒も見なければならない光秀としては、特に毛利氏内部の重臣達との禄との釣り合いも取れずに、断念した経緯がある。

もう内心大志は抱き続けているものの光秀の心は中原を狙える大国朝倉氏に仕える事が出来なければ、最早暗中模索にも限界を感じるほど、せっぱ詰まっていた。

二章　絶望と哀しみの日々

　光秀は仏縁を頼り、先ずは越前長崎の古刹称念寺の園阿上人を訪ねていった。称念寺は後花園天皇始めの勅願の道場で住職は後花園の園の一字を賜って代々園阿上人と号して昇殿を許されているという名刹であった。三千坪にも及ぶ境内の一角を園阿上人の許しを得て借り受け寺小屋を始め、妻子を呼び寄せた。貧しい乍らも、やっと生活の糧を得たのである。

　この時の光秀の門弟の子供達への教育を見て、園阿上人は、その余りにも素晴らしすぎる内容を鑑み、光秀の前途を心配したという逸話が残っている。


　光秀は妻子を園阿上人へ預け、仕官口探しの旅をまだまだ続けなければならなかった。今度の旅は目的があった。九州の島津の城下では仕官の事よりも、砲術と軍学では鎮西無双と評判の兵法攻城の名人、角隈越前入道石宗斎の門をたたき教えを請うた。

　この石宗斎の所で身に付けた火薬の配合率については光秀は秘して誰にも教えなかったと伝わる。それはかなりの長逗留となったが血肉になる実り多い日々であった。

時折、越前へ帰っては、無為無策の日々を送らなければならない光秀は、それでも大志を抱き続けていた。ある時に川端を歩いていると大黒像を拾った。珍しい物なので持ち帰り床へ置いていたが、後日それを見た人が、

「よい物ですな。千人を司る大黒様ですぞ」

光秀は笑って、

「儂の志は僅か千人の頭になる事にはありませぬ。この大黒像は儂には無縁の物で御座りまするな」

と、大黒像を川へ返してしまった。

しかし、この頃の光秀は寂しい気持ちを隠しきれずに、まるで極地の猛吹雪がその胸に渦巻いて吹き荒れている呈の雰囲気を周囲に発散させていた。一人の時は人知れず泪を浮かべて、夕陽を眺めていたと云う。


詩歌の道に堪能な園阿上人は不遇な内にもひたむきに努力する光秀を愛し、風流を教えて共に北潟湖上に小舟を浮かべて人生を語ったり、ある時は加州山代の温泉に遊んで、詩作にふけったり、またある時は雄島へ渡って大湊神社に参じて泊まり、連歌の会を開いたりしていた。漢詩を吟じたり、また光秀は不遇な身の上を歌う和歌を詠んだとされている。

光秀が園阿上人の斡旋で、朝倉義景に仕官をする事が出来たのは、永禄（一五六二）五年二月の事であった。この頃の朝倉家は最も繁栄を誇っていた時代で、支配する所領は百万石余りにも及んでいた。

京都から公卿は相次いで下向してくるし、当主の義景は毎年朝廷や幕府へ献金をして都の文化を取り入れる事に精を出していた。一乗谷は小京都と呼ばれる程になっていた。

家老朝倉土佐守と面談して土佐守は云った。

「美濃の土岐の支族だそうじゃな。貴殿も諸国を遍歴して、苦労を積んで来ておるそうな。しばし当家に足を休めるがよかろう」

光秀が云う、

「当家にご厄介になる限りは、粉骨砕身、身命を賭して奉公する所存で御座います」

「今の当家としては、牢人の一人や二人を召し抱えるぐらい、さしたる物入りではない。いざという時に役に立つような働きをしてもらえば、それで十分というものじゃ。当座の知行を五百貫文として西の城戸の側の安養寺の横に、屋敷が一軒空いておるゆえ、とりあえず、其所に住むがよい」

「かたじけのう御座ります」

という事であっさりと決まってしまった。

五百貫文という知行は、明智領七万五千石、一万五千貫と比べれば三十分の一にしか過ぎないが、一介の牢人を召し抱える知行としては決して低いものでは無かったから、物足りなさを感じはしたものの贅沢を云える身分では無い光秀ではあった。

有り難くお受けして朝倉館を辞して、長崎の称念寺に帰って報告すると、

「それは良かった」

園阿上人は眼を細くして喜んでくれた。妻の牧の方も、

「御目出度う御座いました」

灯を点したように明るい顔になって、粗末乍らも赤飯の膳を調えて祝福してくれた。

光秀もようやく流浪の身を脱する事の出来た嬉しさに口々に祝声をあげていた。


光秀が仕官した事を聞いて、従弟の光春や光忠や光近と藤田伝五行政、溝尾庄兵衛、奥田宮内景弘等々明智の残党が身を寄せてきた。何れも、光秀の腹心となり、生死を共にする事になる股肱の若者達であった。

五百貫文という知行は現在の年俸二千五百万円位になるが、当時の俸禄はそれ自体が全部自己の取り分では無い様々な支出があった。五百貫で数多くの家臣を雇い同族を養わなければ

ばならず、武具・馬匹等々も整備しなければならなかった。それらを考え合わせれば五百貫は必ずしも高給とはいいきれず、家臣達や同族も多い光秀としてはまだまだ当面の貧乏は覚悟しなければならなかった。

丁度、この頃の朝倉家は加賀、能登、越前の民衆が一向門徒の後押しにより、租税問題で土一揆を起こして騒乱が持ち上がっていた。早速、光秀の武略を発揮する機会に恵まれたのである。

光秀は朝倉家の部将、青蓮華景基の部下として従軍したが、暴徒二千余、大挙して押し寄せたのに対し、光秀は五十余名の鉄砲隊を組織して、御坊塚の丘上から侵攻して来た敵めがけ一斉射撃を浴びせた。

敵の暴徒は轟音と共にばたばたと倒れる味方を見て肝を潰して半数以上の死体を残して逃げ失せた。この為に暴徒は全く戦意を失い降参して一揆もたちまち鎮定する事が出来た。

後に光秀は安養寺の馬場で、鉄砲の御前射撃を披露したが、百発中、標的の中心へ命中したもの六十八、残りも全部枠内に当たり、観衆を感嘆せしめたという。

鉄砲に興味を持った義景は光秀に新しい城攻めの戦法を問うた、

「昔は要害の為に山を中心に築城したものだが、近頃鉄砲が出来たので戦の仕方も変わった。一体、どんな所を居城にしたものだろうか」

光秀は答えた、

「全く、近頃は遠い所から大銃を撃ちかけてくるので、要害から二十余町は離れなければならないでしょう。城郭ばかりに頼ってはおられず、当国をずっと望んで見るに、平城ならば北之庄、山城ならば長泉寺が適当な城地でありましょう」

義景は重ねて、

「加賀や上方では何処あたりであろうか」

「加賀なら小極寺のあたりでありましょう。上方は京まで適当な所は無いが、摂津石山の本願寺内、此処は無双の境地と想えまする」

義景は笑って、

「光秀は寺跡ばかりに心を入れたる者よのう」

と云った。

しかし、後の織田軍の家臣達の居城になった所へ早くも目を付けていた光秀の開眼は後の織田家の躍進にて判るものである。

ある夜、称念寺の座敷を借りて連歌の会を同輩と開催した時、その費用へも事欠く有様であったが、光秀は知行こそ少ないが住まいに同輩を招いて馳走するのが好きであったのだ。友が帰ってしまってから、光秀は聞いた。

「今夜の馳走の費用はどうしたのだ？」

黙って牧の方は、その頭巾をとった。昼迄黒々とした長い髪を携えていた牧の方の髪がばっさりと疱瘡の跡まで見える程に切り落とされていた。

「馳走すら出来ぬとあっては、恥を掻かせる事になるやと想い、わたくしの髪でよければと売ったので御座います」

光秀は絶句した。そしておもむろに牧の方へ云った。

「そなたの志はあい判った。将来大名へ返り咲いても側室や妾等は持たぬ」

と、毅然と告げて隣の間へと控えて行った。

しかし、光秀の動揺は激しいもので、嗚咽がどんなに押さえても止まらずに、それは慟哭へと変わっていった。

「うっうっうっ、うぉ〜」

(儂は大言壮語も敢えて、大名に返り咲く路から何れは天下平定の志と想い行っていた。然れど、女の命と云う髪を妻に売らせているような男へ何が出来ると云うのだ。ましてや、お牧は疱瘡の跡を落城の時にすら顔を見せまいとしていたのを、最もよく知るのは儂ではないかっ。こんな儂に天は何をすれば、お牧の心の傷を癒やせると云うのかっ。儂など、もういない方がよいのではないかっ。何を、何を以ってして………)

光秀の嗚咽、慟哭は明け方迄、子供達の目が覚めるのも構わずに続いていたという。

現代であれば、短髪等珍しくもないが、当時はしかも元大名の奥方が短髪に髪を下ろすのは尼となり、世を棄てる事柄を意味するのである。この時の誓いの通りに光秀は天正(一五七四)四年十一月七日に牧の方が労咳で亡くなる迄、側室や妾を持たなかった。

この日から、光秀の寂しげな様子は益々拍車が掛かり、謙遜ではなくて他人へも自分のような者は箸にも棒にもかからぬと親しい人達へ零すようになっていった。

しかし乍ら、尾張の信長からは高禄を持って召し抱えるから、旗下へ加わってくれないかと書簡が届けられるようになってきたのは、永禄(一五六七)十年の前からだ。特に稲葉山城を美濃三人衆の安藤盛就、氏家卜全、稲葉良道(一徹)の裏切りにより、信長が奪取してからは、それが顕著になった。訳は西美濃は三人衆により平穏を保っている様に見えたが、それも不安定要素も濃く、何よりも東美濃がどうにも治まらずに反乱分子の不穏な動きは一揆の煽動等で手を焼く呈であったからだ。東美濃が本拠であり、土岐庶流筆頭の明智家の力がどうしても信長は欲しかった。その為に高禄を提示して光秀を誘い続けていた。されども、光秀は固辞していたのを、変える出来事が起こっていた。

前述の通り、永禄（一五六六）八年五月十八日に松永久秀と三好三人衆の三好長逸、三好政生、岩成友通の謀叛によって、足利十三代将軍義輝が、光秀の兄、進士晴舎・輝舎親子共々、二条の室町御所にて近侍六十余人と共に討ち取られて、其の末弟周嵩を殺し、二男奈良興福寺の塔頭一乗院の門跡覚慶は無事逃げ出して還俗し義秋と名乗ったが、保護を求めた大名に無下に断られるばかりか久秀側へ付く大名もいる有様で、やっと永禄（一五六七）九年九月の末に越前の金ヶ崎城へ入ったのだ。義景は義秋の従者細川藤孝と知己である光秀を連絡係として任命して事の収束へ当たらせた。

「藤孝殿、お久しぶりで御座います。遠路大変でしたな」

「光秀殿が朝倉殿の所にいて、此方も心強く想っておりまする。実は松永久秀と三好三人衆は阿波の義栄を将軍に擁立しようと画策しているのじゃ。至急に上洛して弟義秋を将軍に擁立する手立てを頼みたいのじゃが」

光秀は少し躊躇うように見えたが、気取られぬように周囲に気を遣い乍ら云った。

「それは性急には無理かと想います。義景殿は一向一揆に悩まされていて中々想うような動きが取れない由、過剰に頼み入るのには機が熟しておりませぬ。それに大きな声では云えないが義景殿の寵愛する女子の縁戚の鞍谷刑部と云う者が専横を極めており、重臣達の結束も怪しい気配が立ちこめている有様で。情勢が変わるのを待つのが良策と想いまする」

「朝倉殿を頼み入るのは無理と云う事で御座るか？」

「そうは申しても越前は大国で都へも近く先ずは態勢を整えて頃合いを見て義景殿に取り次ぎますゆえに」

「そうか………。では貴殿の云う通りにして形勢を眺めるが得策か」

藤孝は少し肩を落とした様子を見せた。それを気取った光秀が云った。

「弟君の義輝様の最期はとても見事であったそうで。身どもも兄と甥を亡くしたが義輝様と黄泉の國にて藤孝殿達を見守っておりましょう」

「優しい言葉忝い。貴殿も辛いであろうのに………」

「ところで藤孝殿、身どもは尾張の織田信長殿から高禄を持って召し抱えると何度も云われているのだが、其れがしのような者には余りにも高禄なので断っている所でありますが。もしも情勢次第では美濃を併呑するやも知れず、そうなれば信長殿を頼み入る選択肢を勘案しておいて下さるのも上策かも知れませぬ」

暗に義景は頼むに足らない事を匂わして尚且つまだ美濃も併呑していない信長の事を口実

に暫くの越前滞在を納得させた光秀であった。この時に光秀は義輝の奉公衆から義秋の奉公衆として仕える事ともなった。

戦国の世は後の徳川の世とは違い、何人もの主君に仕えて禄をはむのが普通であった。光秀は今は義景と義秋との二人の主君に仕える身だが、義輝が存命の間は勿論義輝からの禄もはむ状態ではあったが室町幕府の所領は横領が激しく微々たるものであり、まだ基盤も持っていない義秋からのは有名無実であった。

義秋一行は義景から多大な饗応を受けたが上洛の話は延々と進まぬままに約一年の月日が流れた。藤孝は光秀と旧交を温め乍ら、京の情勢を探っていた。松永久秀と三好三人衆は阿波の義栄を将軍に推戴する事には成功したが義栄はまだ阿波を出ていなかったから、時は急がねばならなかったけれどもそれも義景の言い訳となり、義秋はじりじりと日々を過ごしていた。

光秀の元へは以前にもまして信長からの仕官の依頼の書が頻繁に届くようになっていた。永禄（一五六七）十年の末に信長は義秋の推戴を決め、光秀に美濃へ来てくれるように丁重に文を送ってきた。流石にここまで来て光秀も腹を決めた。そして藤孝と密談して義景を見限るように事を進めていった。

三章　栄光への躍進

光秀は、永禄（一五六八）十一年二月の末に生まれ故郷の美濃へ戻り信長に謁見した。信長は開口一番こう云った。

「おお、光秀殿。よく来てくれたのぅ。前々からお濃にそなたの事は聴いておったのじゃが、亡き舅の道三殿からの書簡にそなたの事が何度も記してあったのじゃ。どうじゃ、朝倉を見限ったよし、余に仕えてくれぬか。一緒に天下平定をしたいのじゃ。そなたこそ、余の太公望なのじゃっ」

腹を決めていた光秀もここまで云われて悪い気はしなかったと見えて、

「勿体ない仰せで恐縮に御座ります。元より美濃へ帰ってきた目的は義秋様の推戴の事。其れがしは末席にでも加えていただければ幸いで御座います」

「美濃の闕所が四千二百貫ある。それを当座にそなたへ与える。余も義秋殿を公方様にする事をそなたと共に出来るのを嬉しく想うぞ」

思いも寄らず四千二百貫（江戸期の石高に直すと約二万千石になるが、信長の時代の貫高は石高には厳密には直せないが便宜上記しておいた）の高禄に与った光秀は早速藤孝へ書を送り、首尾を報告した。

光秀はこの時から義景の所へは帰らず、義秋と信長との両属となって折衝に当たった。

二人の英雄が遂に結びついたのだ。これが光秀は勿論信長の栄進の始まりであった。信長は尾張、美濃を併呑するのに約十年かかっているが、光秀を軍師として迎えてからは本能寺の変までに約二十数カ国を十五年程で獲ってしまうのである。信長がした事は光秀がした事、光秀がした事は信長がした事と後の世で云われる瑞兆はこの時に始まったのである。

信長は伊勢攻略を始めていたが手こずっていた。それに先ずは光秀を当たらせた。光秀は嵯峨の天竜寺の知己である勝恵和尚に依頼して敵方へ帰順を勧め、武力を使わずに中上木九郎右衛門達を降参させた。信長は大いに喜び五千貫を加増して、またしても、織田家の諸将達は仰天していた。兵法で云う最も上策の弁舌のみで伊勢の諸豪達も帰属させていった。信長の三男信孝を養嗣子として関家を手中に収め、伊勢を押さえて上洛戦への準備に光秀は取り掛かった。

この年の初めに義秋の秋は落日へ繋がると義昭と改名していた義昭は七月半ば朝倉を離れて越前近江の国境迄五百余騎を以って厳重な警備兵に迎えられた。七月二十二日美濃西の庄の立政寺に義昭は入り、二十五日に信長と面会した。

八月七日、信長は自ら近江の佐和山城へ出向き観音寺城の六角承禎へ所司代職を約して承禎の説得に努めたが承禎は承諾せずに岐阜城へ帰城した。その結果、近江を平和裡に通過する事は困難として大軍を用いた上洛戦が決定した。

九月七日約五万の兵を率いて信長は上洛作戦を開始、岐阜を出陣した。

十三日には観音寺城が陥落して六角承禎親子は伊賀へ敗走して、九月二十六日義昭を奉じて入洛した。早速、京の治安維持に厳格な法を用いて人心を安定させ山城勝竜寺城を陥落させ摂津に軍を進め三好三人衆を阿波へ敗走させると信長の元へ畿内の諸将達が帰順の意思を表明して訪れてきた。松永久秀は茶道具の名物「つくもかみ」を信長に献上して大和の所領を安堵された。これには兄義輝を殺された義昭の抗議があったが、信長は戦の駆け引きはお任せあれと義昭を宥めて、ついに十月十八日、義昭は十五代将軍に補任されて念願の将軍職に就く事が出来た。義昭は数歳しか上の年の変わらぬ信長に御父と迄の表現を使い感謝の書状を残している。義昭は副将軍に信長を任命しようとしたが、信長は固辞して代わりに堺、大津、草津へ代官を置かせて貰うように願った。義昭は、

「そんな些細な事でよいのか、遠慮せずともよいのじゃぞ」

「その三つで充分で御座います」

堺、大津、草津は経済の要所であり、後に光秀の所領となる大津は馬借（流通の重要拠点）があった。寺育ちで学問は出来るが世間に疎い義昭は不満そうであったが了承した。しかし、それが信長と義昭の蜜月期の始まりから破綻の出発点でもあった。

二十八日に信長は岐阜へ帰り、光秀と佐久間信盛達を京都へ残し政務へ当たらせた。


この永禄の終わりから元亀・天正の初期年間の京都の町衆の今で云う政治献金の記録がある。信長の諸将達の中では柴田勝家が最も多く献金を受けていて次いで佐久間と光秀、金森、塙等々信長譜代の将へは献金が行われているが其所へ木下藤吉郎の記述は一切見られない。外様で献金が行われているのは光秀に次いで藤孝だけである。彼等は機を見るに敏であるが、この事実から見ても秀吉の記録に関しては遡って改竄されている気配が濃厚であるから注意して見る必要がある。後の世の研究が待たれる所であろう。

この頃から光秀は堺衆の豪商今井宗久や津田宗及と再会して深い付き合いが始まった。この堺衆の中では今井宗久は親信長派であり、津田宗及は反信長派であったが、この津田が光秀の資金援助者となり、それは明智大乱迄続いた。これらの微妙な折衝をも光秀は難なくこなしていった。信長からの矢銭（臨時徴収税）の求めにも堺衆の不満はあったが、今井宗久達と光秀が説得して供出させ、またそれに気を良くした信長は堺衆の中でも今井宗久を厚遇した。

堺は本能寺と並び畿内における鉄砲と火薬に使う硝石等の一大供給地であった。硝石の国内産地は加賀を第一品とし、これについで出羽・米沢・飛騨・甲州・信州・日光と云われて、雪深い越中・五箇山の赤尾谷が第一品焔硝の中心産地であるが、その量はさして多くは無かった。それ故に堺と本能寺を押さえるのは重要な事柄であった。また鉄砲や大砲の製鉄（タタラ）に必要な物は「鉄と塩」であり、この争奪戦を制する者が戦の命運を分けた。

堺衆は渋々の者達もいたが、今井と津田の仲介によりまた光秀の信長と敵対する事は利無き事を語る弁舌により、不満も徐々にではあるが解消していったという。

この京を押さえ、畿内を掌握すれば太平記の時代から天下人と当時は認識されていた。先ずはその先鞭としてこれ以降、信長は京を明け渡してはいない。光秀は信長へ書を送り、信長の分国の関所を撤廃させてより一層の経済の潤滑を促し、翌永禄（一五六九）十二年を迎えた。

光秀は京と岐阜を行ったり来たりして信長と密談を重ねて、信長の寵愛はどんどんと深くなっていった。一月に三好三人衆が義昭を襲撃するという事件が起きた。光秀達の奮戦で持ちこたえていた御所に岐阜からの信長の救援により事無きを得て、義昭は兄義輝の二の舞を踏まずに済んだ。光秀は室町御所を強固にする事を進言して二月から造営が行われ突貫工事は畿内近国十四カ国から人足が集められ信長自ら視察もした。御所が完成した時に義昭は信長に感謝して、岐阜へ帰る信長を粟田口迄見送りその意を伝えていた。しかし、この義昭と云うのは兄義輝が剣の道を窮め塚原卜伝、上泉信綱の免許皆伝であったのと似合わず、また余り快活な性格でもなく、後に謀略将軍と揶揄される程に信長との蜜月が破綻仕掛かる前に諸国へ書を乱発し始めていた。信長と室町幕府衆の間へは御定書を記していたがそれに違反するような内容もあり、藤孝や光秀達の諫めも聞かなくなってきた。義昭にしてみれば折角将軍になったのだから、少しは将軍らしい事柄もしてみたいという気持ちであったのかも知れないが、不公平な裁判の判決を出したりして、訴えが信長の所に迄届くようになって来たのには閉口した信長であった。ある時に光秀を呼び寄せ問うた。

「公方様が約束を守らず色々と動いているようだが、まだ畿内を固めねばならぬ余にはうんざりするわずわらしき事なのじゃ。光秀、説得は上手くいかないのか」

「公方様には御定書が御不満の様に御座います。身ども達もなだめすかしておりますが、おとなしくされるお方ではない様に見受けられまする。どうでしょう、改元の上奏を主上へ義昭様を通して行い義昭様の機嫌を取る懐柔策を取ってはと想いまする。義昭様も将軍としての面目も立つと存じます」

「おおっ、それは良い考えじゃ。しかし改元には瑞兆が無ければ駄目では無いのか？　その様な出来事はそうそう起こる事柄ではあるまい」

「起きていないのなら、起こせば良いのです。過去には白雉が現れて改元となった例も御座います。岐阜近辺の猟師、漁師達に命じて白雉を捕るお触れを出されませ。それを以って改元の上奏を義昭様にさせれば御納得なされましょう。嘘も方便で御座る。何よりも今の元号は義昭様には厭な逃避行の想い出も多く忌避の念もおありの御様子、喜んでお受けする事でしょうし面目も立ちまする」

感心したように、信長が云う、

「そなたの知恵がこんなに回るとは失礼乍ら想わなかったぞ。舅殿の瞳は曇ってはいなかったという事じゃの。ははは っ」

義昭は報を聞いて上機嫌になり、光秀に草案の制作を命じた。光秀は元号の草案を練るべく、朝廷の伝を頼り、また信長は内裏の修繕費として一万貫文を朝山日乗へ命じて行わせた。その合間に光秀は京都奉行に信長から任じられて政務に当たった。

この年は伊勢の攻略に本格的に掛かり、北畠具教を降伏させ、信長の二男信雄を養嗣子として家督を譲る決着をみて、伊勢の殆どを掌握した。

翌永禄（一五七〇）十三年一月二十三日、信長は義昭に五箇条の条書を送り承認させた。義昭の行動を縛り、事実上傀儡とするに等しい条書であり立案者は光秀である。義昭は不満だったが、そんな関係悪化にも改元の上奏には信長の案としての天正へは頑強に抵抗して折衷案としての元亀が選ばれ正親町天皇へ上奏された。

信長は諸国の大名に上洛を促して各国の大名達が自らや使者を京へ使わして参列したが、其所に越前の朝倉氏の姿は無く拒絶していたのを口実に朝倉討伐の軍を進める事に決定した。

四月二十日、朝倉氏を攻める為に京を出発、快進撃を続け敦賀を攻略して金ヶ崎城も攻略した。その快進撃に大打撃を与える衝撃が二十六日、越前侵攻の直前に起こった。縁戚の北近江の浅井氏が離叛して朝倉氏に味方したのだ。このままでは背後を襲われ壊滅的な打撃を被る事となる。この知らせを聞いて信長は最初は耳を疑ったが間違いない事が判ると京へ向け一騎がけの早馬を近習達ととって返した。光秀は木下と池田と共に繰引き（戦闘隊形で退却する事）を金ヶ崎城から行った。朝倉の追撃は熾烈を極めたが信長は無事京へ退却して諸将達も帰京した。この時の義弟浅井長政の裏切りには信長の怒りは凄まじく家財を足蹴にする等近習達が宥めるのに時間が掛かった。信長は一旦岐阜へ帰り浅井長政討伐の為の鉄砲や焔硝を堺と本能寺に大量発注してその準備を始めた。

そして六月の半ばから朝倉、浅井連合軍約一万八千、織田、徳川連合軍約二万九千の世に云う姉川の戦いの幕開けが迫っていた。光秀は京にいて政務に当たったが、徳川の陣営に不穏の動きがあるのを感じて信長へ急使を出して、光春、光忠、光近を信長側近と共に本隊の援軍として従軍させた。

六月二十八日、姉川の戦いの幕開けに、織田軍は思いも寄らぬ苦戦を強いられた。陣形は次々と破られ信長本隊も後退を余儀なくされていたが、激戦は数刻に及んでいたが先ず朝倉勢が徳川勢に押されて後退し、ついで浅井軍も総崩れとなり小谷城へ敗走した。それを見て義景は越前へと繰引きして帰って行った。

信長は上洛して義昭へ姉川合戦の戦勝を報告して光秀の館へ泊まった。（信長は佐久間信盛、柴田勝家、林道勝ら父親の代からの譜代の館や光秀の館へは泊まったが、秀吉の館や城へは泊まる事柄は生涯無かった。現在の安土城下の秀吉の屋敷跡は、秀吉と仲の悪い信盛や勝家に阻まれて、前田利家は監察官として近くにいるが、秀吉は最も信長から遠く、最も信長の居住地へ近く屋敷跡があるのは光秀である）

「戦勝喜ばしい事と存じます。しかし乍らまだ浅井、朝倉は健在。油断は禁物で御座いますぞ。戦は負けない戦いをしなければ為りませぬ。身どもで宜しければ粉骨砕身殿の為に苦労は惜しみませぬ」

「そなたがいてくれれば余は天下を獲れると想う。今回も徳川殿の所へ義景の調略の手が伸びていたのをそなたが気付いてくれなかったら危うかったかも知れぬ。それにしてもそなたの従弟達の勇猛さも見事であった。礼を云うぞ」

「勿体ない仰せで」

「舅殿の手紙によくそなたの事が出ていたのじゃ。舅殿が死んだ後に何か困ったらそなたを頼れとな」

「追従で御座りましょう」

「謙遜はよい。今宵から暫くそなたと語り明かそうぞ」

言葉の通りに信長は数日光秀の邸で古典の覇者や密謀の談に時を費やした。

ところが、九月に入ると情勢が一変した。大坂石山本願寺の顕如が浅井、朝倉両氏と三好三人衆と手を結び信長へ叛旗を翻したのだ。信長は両面作戦を余儀なくされ二十日には近江宇佐山城を浅井、朝倉連合軍が陥れて信長側の諸将が討ち死にした。信長は河内へ進軍させていた軍を解いて入京し近江へ進軍して行った。信長軍の破竹の勢いに浅井、朝倉軍は比叡山へ逃げ込んで膠着状態となった。光秀は信長へ進言して義昭を通じて朝廷を動かして和睦し両軍は十二月に引き上げていった。

元亀（一五七一）二年正月に岐阜城にて諸将達が集まり参賀の宴の席が設けられた。織田家の諸将達は信長存命中は例え戦時であっても副将に現場を預け参賀をするのが慣わしであった。その宴の席で比叡山延暦寺の攻略が第一目的として決められた。光秀の積極的な献策が信長の意に適い決まったのであるが、諸将達の中でも重臣の佐久間信盛は異を唱え翻意を進言したが聞き入れられなかった。

　その席で光秀が云う、

「今の叡山の僧侶は僧侶とは異を為す者達で御座ります。坂本の町娘を攫い輪姦して娼婦としてその上前をはねる事が平然と行われ高位の者達もそれを譴責する事柄も無き無法地帯でありまます。これらの僧の衣を着た鬼畜にも劣る行い、最早焼き討ちするのも躊躇いは要らぬと見受けられまする。裁可は殿御自ら行われませ、もしも赦免される者がいた時には再教育は身どもが行いまする。にもかかわらず行いが改まらぬ時には拙者自ら極刑に致します故、お任せ下さると恐縮に御座いまする」

　立て板に水の弁舌に諸将達は黙ってしまった。

　信長が云う、

「余が決めたのじゃっ。光秀の決意もよく判ったであろう。そち達も心してかかれ」

「ははぁっ」


　この年は一向一揆の蜂起に悩まされる始まりの年とも云えるが、それはこの後約十年近くも続くのである。越前滞在中に義景へ光秀が献策した難攻不落の城に本願寺がある事が徒となったのは何とも皮肉ではあるが、少し時が経ち七月に光秀の調略により近江の朽木氏が内応すると信長は叡山への攻撃を本格的に始め軍を江北へ向け出馬させた。

叡山の焼き討ちは全山ではなく、坂本の周辺の叡山麓に集中していた事が昭和の学術調査で判っている。しかし諸処の記録の類いは全山を焼いたとなっているのは仏敵信長を顕著に際立たせる為の作為であろう。

信長は叡山焼き討ちを九月十二日に諸将へ命じて攻め上らせた。光秀は自ら先頭に立って、

「出来る限り生け捕りにせよ。女子供に手をかけるな」

と明智軍の諸将達に命じて自身かなりの数を捕縛した。

翌日、信長は入京してそれに先立ち光秀に近江滋賀郡坂本と西近江一円六万八千貫（三十四万石）を与えて妙覚寺へ入った。光秀は坂本に水城を自身の縄ばり（設計）で普請し織田家諸将達の中で初めての城持ち大名となったのだ。坂本は馬借の要衝であり、叡山の監視役を光秀に任せたと云えよう。

しかし翌年、反信長勢力に本願寺顕如と縁戚の武田信玄も加わり、その報が確実と判ると

大和の松永久秀も加わった。三好も加わり信長は四面楚歌の状態を呈していた。それでも信長は室町六代将軍義教を尊敬していたのにあやかると共に政略として第六天魔王を名乗り、武を用いて世を治める政策を光秀の献策にて標榜した。諸将達を鼓舞する役割もあったと云えよう、自らをも。

この年は信長にとって苦境の極みにあった。その反信長勢力を煽っていたのは義昭であった。文書を乱発して大義名分を反信長勢力に与えて信長を討つ事を画策していたのである。九月には遂に信長は光秀へ命じて義昭へその失政を責める異見十七箇条の条書を送りつけた。それと共に光秀は義昭に丁重に暇を願い出る手紙を送っているが中々受理されなかった。この条書には光秀の事に関わる事柄も書いてあり、抜け目の無い光秀の性格をよく表している。藤孝と義昭の仲が良くなくなり始めたのもこの年だ。幾ら弟とは云え、愛想がつき始めていた。諫言を何度も行っても隠忍自重して捲土重来を待てば良いものを気に食わない家臣の依怙贔屓をしてそれを本来公正であるべき裁判の判決を覆したり、諫めるのにも拗ねる始末、尻拭いも限度があるという所であった。

その年の秋、甲斐の武田信玄が西上を始めたという知らせが信長の元へ届けられると色めきだった。直ちに佐久間信盛を始め三千の兵を家康の援軍に派遣した。

十二月二十二日徳川、織田連合軍は信玄の前に惨敗して援軍の平手汎秀が討ち死にし信盛は僅かな手勢を引き連れて帰陣するのが精一杯であったし、家康は敗走の途中馬の鞍へ糞尿を漏らす程の有様で恐怖を味わった。大勝利した信玄は三河へ侵攻して信長の領国尾張へ向けて軍を進めていた。翌元亀（一五七三）四年になると義昭は信玄大勝の報に信長に叛旗を翻す旗幟を鮮明にした。しかし、義昭を見放した藤孝から岐阜の信長の元へ京の情勢は一刻一刻と入っていた。二月二十日、柴田勝家、明智光秀、丹羽長秀、蜂屋頼隆を近江へ出陣させた。義昭の命を受けた山岡景友が叛旗を翻したからだが、一蹴された。信長は三月後半に上洛の為岐阜城を出立して進軍していたが和平案を出していた。義昭の実子を人質へ出す約束で和睦しようとしたが義昭は拒絶した。四月初め上京を焼き払い義昭の御所を包囲した。七日、正親町天皇の勅許により和睦が成立。義昭の無条件降伏である。しかしこれは仮初めの短い和睦であった。

四月十二日、西上をしていた武田信玄が病没した。信玄は三年は喪を秘すように遺言したが、その報は直ぐに近隣の知る所となり、信長の元へも届いた。暫くの和睦を破ったのはまたしても義昭の方であった。七月二条城を側近の藤孝の義兄三淵藤英、秋豪親子に護らせ、自らは宇治の槙島城へ立て籠もった。

信長は入京して二条城を陥落させ十八日槙島城を陥落させた。義昭は二歳の我が子を人質へ出して降伏した。この時藤孝は信長へ光秀の斡旋にて荒木村重と共に帰属していたが光秀を通じて弟義昭の助命を願い出た。光秀の斡旋もあり、義昭は河内の若江城へ追放の身となった。此処に約二百五十年続いた室町幕府は滅亡を迎えたのである。

近年の研究では後に毛利へ居候していた義昭が鞆幕府を開いていたとの論があるが当時の常識として畿内を掌握していないものは有名無実であり、信長は名実共に天下人として諸人達へも認識されており、学問的な考察と当時の常識を混同してはならない。


信長は七月二十八日、念願の天正の元号を上奏により改元して天下人としての名誉を得た。岐阜へ凱旋した信長は兵を休める事も無く、光秀の調略へのってきた長政の家臣阿閉淡路守が寝返り、小谷城攻略がやりやすくなったのである。八月に長政救援の為に侵攻して来た朝倉義景軍を盛んに打ち破り、義景は越前へ敗走した。光秀は今こそ好機と進言して敦賀へ侵入した。十七日、木ノ芽峠を越え越前へ全軍侵攻すると光秀は不遇時代に御世話になった人達の村落の人々の家を焼かないようにするなど、手立てをよくする事を忘れなかった。

義景は一乗谷城を棄て、大野郡賢松寺へ入ったが二十日、同族の朝倉景鏡の裏切りにより、呪詛の言葉を吐いて自刃した。

義景の辞世は、

「七顚八倒　四十年中　無他無自　四大本空」

であった。無念と虚しき人生であったとの述懐が哀愁を帯びている。


越前を悉く平定すると信長は光秀を残して越前の治政と民心のなつきを任せて帰陣した。


近江の小谷城攻略へ集中出来る事となったが、長政は最早、大勢は決まったと見ると信長の妹の御市の方と娘三人を送り返してきた。八月二十八日、小谷城は落城して久政、長政親子は自刃した。

後に信長は余程腹の虫が治まらなかったと見え、光秀が古代中国の史記へ載っている覇者、趙襄子が宿敵智伯の頭蓋骨を漆を塗り杯とした故事を教え、後の戦勝の祝いの宴の席で諸将達へ義景、久政、長政の三つの頭蓋骨で杯を創り漆を塗り薄濃（はくだみ）を創り、それで酒を呑むように家臣達へ強要した。猛将揃いの織田家諸将達もこれには閉口した。と同時に信長の性格をよく知る光秀の抜け目の無い一面を窺い知る出来事とも云えよう。

帰陣した信長は十二月叛旗を翻していた松永久秀が降伏して来たので大和多聞山城を光秀に護らせて治政に当たらせたが此処で光秀は検地を行い税の不公平を正した。

少し時は流れ、天正（一五七五）三年に武田を撃破した後で信長は上奏をして、家臣へ官位と姓を賜るように要請した。柴田勝家へは修理亮。丹羽長秀へは惟住。信忠へは秋田城介。塙直正には原田。秀吉へは筑前守。（秀吉の筑前守は遡って記録が改竄されている疑いがあり、後世の研究が待たれる所であろう）そして光秀へは古代大和朝廷の名宰相であり、名武将の惟任日向守の姓と官職を同時に賜り、内外に織田政権下の執権は光秀であり、将来に織田幕府が開かれた暁には光秀を中心として政権運営を行わせる事を諸国の大名達や外国の宣教師達へも示唆したのである。これより後に光秀は侍従となっても本能寺後に官位が急上昇しても日向守を使い続けたのはこれに由来する。

五月長篠へ武田勝頼の大軍が迫っていた。信長、信忠親子は五月十三日岐阜を出陣。二十一日設楽原の連子川を挟み両軍は激突した。光秀は献策し丸太を諸将達に運ばせて馬防柵を三段に創り、その後ろに鉄砲隊を控えさせ武田勢を迎撃する態勢を取った。

織田、徳川連合軍も武田軍も設楽原の両軍の布陣は双方にとって万全の戦いで勝敗を決す事の出来る布陣であったが、馬防柵は、それくらいでは武田の騎馬隊を完全に止める事は出来なかったが足止めにはなり、其所へ大量の鉄砲隊での一斉射撃を散々に繰り返し武田軍の名のある歴戦の重臣達が悉く討ち死にし勝頼は這々の体で甲斐へ逃げ帰り歴史に名を残す長篠の戦いは織田、徳川連合軍の圧倒的勝利に終わった。

この戦いの時に信長の嫡男信忠は無辜の民の虐殺を行ったが背後には政治的な敵対勢力がいたので多少は抑えて光秀は信長へ諫言をしたが、後から注意をしておくという事でこの時は収まった。

前年信長は伊勢長島の一向一揆鎮圧に根殺しを行ったが、それは背後に一揆勢を煽る本願寺という政治的勢力があっての事からで光秀も了承していたが、この信忠の蛮行に不安を感じた光秀は当時の道徳書は仏教経典であるから筆写してよく読むように信忠へ諫言を行うと共に人の道を説いて信忠の心を翻そうと、心を砕いていた。

そんな光秀を見て、ある日坂本城へ訪ねて来ていた藤孝はこう云った。

「貴殿は逆名利君（命懸けで主君へ諫言を行う事）を地で行い信長公や信忠殿の心を翻そうと想い色々と心を砕いているようだがそれは結構な事だ。しかし乍ら、森の中で際立って高い木はやがて来る大嵐の為にぽっきりと折れてしまう事もあろう。光秀殿、その所はよくよくお気を付けなされよ」

光秀はこの言葉に感謝していたのだったが、また藤孝も光秀が人間的に優れているのを感じ取っていただけに忠告したのだった。

後に縁戚となる二人のこの時のやり取りは運命の皮肉めいた藤孝の裏切りにより、光秀の前途に暗雲の立ち籠める本能寺の変の後の事柄を想うと不可思議な縁と藤孝のしたたかさを感じさせる逸話である。


天正三年の八月初め越前の一向一揆鎮圧に織田軍の諸将達三万余騎の大軍を向けて越前へ侵攻して一向一揆勢四万を根殺しにした。信長は越前を柴田勝家へ与えて前田利家、佐々成政、不破光治を勝家の目付として領国経営に当たらせた。


十一月四日、信長は従三位権大納言に任官し右近衛大将を兼任した。名実共に武家の棟梁としての基盤を朝廷から任じられたと云ってよい。

この凱旋時に信長は坂本城へ森蘭丸長定（成利というのが本人の書いた文の名だが此処では一般的な蘭丸という名を使わせていただく）と共にやって来た。天守へ登り琵琶湖から東

の方角を眺め乍ら、信長はぼろぼろと泪を流して、

「余は長篠の戦いにて武田の名だたる名将を沢山殺してしまった。兵達をもじゃっ。何よりも戦で泣くのは名も無い民達じゃっ。余は第六天魔王などと名乗っておるが、余のような残虐な事をした男こそ地獄の冥府へ堕ちて苦しんだ方が良いのじゃっ。うっうっうっ」

光秀は日本や古代中国の逸話を引き合いに出して信長を慰めてから云う、

「上様、戦もこの大乱の世の中を治める為には仕方がありませぬ。また一向一揆の根殺しも背後に煽動する佞人達がいてこその武士（もののふ）の武略で御座る。先ずはまだまだ天下も平定してはおりませぬ。しかし畿内はかなりの数が上様の元へ参じておる折り、岐阜からは少し京は遠く御座ります。近江の草津の中腹を平安楽土から安土山と名付けて其所を拠点に壮大な城を築き内外に威勢を示せば益々天下は上様へと近づいて来るでしょう」

と献策した。信長は喜んで光秀に縄ばり（設計）を任せ築城の準備へ取りかかる用意を来年天正四年に始めると諸将達へお触れを出した。これも光秀の見識と築城の名手としての辣腕を振るう機会を自ら手にしたと云ってよい。

安土城は光秀の縄ばりにより、将来の織田幕府における遷都を勘案して創られた。安土城の大手門が南から途中まで真っ直ぐなのはそれが理由である。其所が安土城の唯一の弱点で

あったが、天皇を住まわす都とする以上、平城京以来の古式に則る必要があった。光秀は現地の測量をして絵図面を仕上げると岐阜の信長へ届けた。築城奉行は惟住（丹羽）長秀へ命じられた。

「翌年からそなたは丹波攻めへ向かって貰いたい。丹波を平定しなければ織田の天下もまだ不安であるしの。何よりも丹波勢は朝廷への崇敬の念が高く独立心も強い。余の諸将達の中ではそなたしか適任者はおらぬ」

拝命すると光秀は坂本城で出陣の準備を始めた。

天正（一五七六）四年、安土城築城は正月中旬から始められ信長は二月二十五日には岐阜から安土の佐久間信盛の屋敷へと移っていた。

一方、二条晴良邸の跡地に本格的な京都屋敷の造営を安土と同時進行で進めた。

光秀は丹波攻めを藤孝と共に行ったが、出来る限り力攻めを避けて帰順を説得して戦いにおいても講和へ持ち込むように努めた。

光秀は不動明王の信仰者であった。三宝（仏・法・僧）と国土人民を護る為に降魔の剣を振るう不動尊像こそ武士たるものの理想像だと考えていた。

この丹波平定には約四年半もの年月を必要としたが、それも光秀だからこそ本願寺攻めや畿内の戦闘に助っ人をし乍ら、極めて短く平定したのは、その才覚と能力には驚くべきものがある。それ程に古来から丹波勢の心服には為政者達は手を焼いたのだ。それは後の事として。

五月三日、本願寺攻めを行っていた重臣の一人原田(塙)直正が戦死と多数の重傷者を出してしまった。これ以降本願寺は石山城へ籠城、信長は経済封鎖して双方持久戦へ突入した。

十一月二十一日、信長は正三位内大臣に叙任された。

天正(一五七七)五年一月四日、岐阜城で重臣達との新年の参賀が行われた。此処で事件が起こった。秀吉は羽柴秀吉を木下藤吉郎から改名して名乗っていたが羽柴は丹羽長秀と柴田勝家の名字からで、下の諱は(当時は諱の方が重要視された)光秀の秀の字を貰い吉は藤吉郎からと信長の許しを得て改名したのであるが、秀吉は信長の子飼いにて威張っていて評判も心ある者達からは悪かった。特に柴田や佐久間や林通勝(秀貞という名であるが一般的な名を使わせていただく)といった信長の父の代からの重臣達との軋轢は甚だしいものがあり、秀吉が武功を挙げるのにも焼き餅も手伝って溝は深かった。信長は上機嫌で余り強くない酒を少しだけ嗜んでいたが、其所で秀吉が歓心を買おうとお追従を云った。

秀吉が云う、

「上様のこの天下を見ずに諌死をした平手政秀殿は、本当に軽率な事をしましたなぁ。上様は最早天下人。覇王で御座りまするに」

これが信長の逆鱗に触れた。青筋を立てて、信長は怒鳴った。

「余がこのような立場でいられるのは武士として人として立派な正秀の諌死のお蔭だっ。それを軽率とは何事であるかぁっっ～」

そう叫ぶと後ろを振り返り蘭丸が持つ太刀を掴み手打ちにしようとした。即座に光秀と利家と蘭丸の三人が止めに入り、信長を取り押さえ宥めた。しかし信長の怒りは中々収まらずに秀吉を足蹴にして暴れた。やっとの事で光秀達が信長を宥め賺して控えの間に信長を連れて行き、光秀達は助命嘆願を必死に説いた。信長は其所まで云うのならと怒りの矛を収めたが、これ以降、秀吉は織田家恒例の正月参賀に参列を信長が死ぬ迄許されなかった。光秀達三人が止めに入っただけだったのは光秀と利家は秀吉と仲が良く、蘭丸は小姓としての務めを果たすと共に光秀の養女との縁談話を希望していたから、将来舅となるやも知れぬ光秀の意を汲んだとも云える。

信長の譜代の宿老達は秀吉の誅殺を期待して喜びの想いで見る始末であったのだが。

秀吉はこの事を内心深く恨み、その胸に年来の逆意を持つまでに至る。これが本能寺の変の遠因の一つである。

光秀達の取りなしで秀吉は許され益々馬車馬のように働かされる事となるが、信長の四男秀勝を養嗣子に迎え、領地を切り取る度にその殆どを秀勝に与えて信長の機嫌を取った。

戦で得た財宝を大量に信長へ献上するように勧めたのも光秀の献策によるもので、古代中国の漢の劉邦が皇帝となった後での猜疑心の高まりに漢の宰相の簫荷が財産を全部劉邦へ差し出して猜疑心を解いた故事を秀吉に教えたのである。学の無い秀吉は光秀に感謝したが、同時に光秀への信長の寵愛が深い事へ嫉妬の想いを深く抱く有様であった。

この年の方針は紀伊の雑賀と根来衆の討伐であったが鉄砲集団を駆使して本願寺を支える雑賀、根来衆には手を焼いていたからだ。

然れども二月から全軍と云ってよい諸将達の奮戦で三月十五日鈴木孫一ら一揆の指導者七人が誓紙を差し出して降伏した。

八月には越後の上杉謙信が本願寺に呼応して上洛の気配を見せた。柴田勝家を大将に滝川一益、羽柴秀吉、丹羽長秀、明智光秀ら織田軍の主力部隊を加賀へ派遣した。この時に光秀の天下無敵の鉄砲隊が謙信と対峙して牽制した時に謙信を狙撃した。弾は肺へ当たったが、謙信の息の根を止める迄には至らなかった。この頃に謙信上洛の報を聞いた松永久秀親子は本願寺攻めの砦の守備を放棄して大和の信貴山城に籠城するという異変が勃発する。信長は光秀を呼び寄せ信忠へ付けて信貴山城を包囲した。光秀と信忠は信貴山城の久秀へ降伏を促したが久秀は聞き入れず、十月十日に総攻撃をして信貴山城は落城した。

この功績により、十三代義輝の頃からの将軍任官の前提としての決まり事である左近衛中将へ信忠は叙任された。

翌天正（一五七八）六年一月六日、信長は正二位へ叙任された。前年に任官していた右大臣と並び威勢を張る事となった。

この頃には安土城もかなりの建設が進んでいた。信長の居室には思索の間として天守の六重目と七重目には狩野永徳とその弟子達による釈迦や孔子等の絵が光秀の発案にて飾られていたが特に七重目の絵は重要な事柄が示唆されるので記しておこう。

七重目は正方形に創られ東西南北に正確に面していた。その四囲の壁面には古代中国の思想に題材を求めた絵が全部で八枚飾られていた。

古来、中国では天子南面すという。天子は南を正面として座るのである。その故事に則って南を正面として南の壁の東側にある一枚を出発点として一周して東の壁の南側へ飾られた一枚へ至るという順番で並べられていた。その内容は、
伏羲(ふつぎ)・神農。古代中国の伝説の三皇のうちの最初の二人。

黄帝。同じく古代中国の三皇の後の五人の皇帝「五帝」のうちの最初の一人。

老子。中国春秋時代の思想家。道教の祖とも云われる。

文王。古代中国周王朝の基礎を創った人物。

太公望呂尚。文王へ用いられた名政治家。文王の子武王を助けて周の前の王朝殷を滅ぼして天下を平定した。

周公旦(こうたん)。文王の子。兄武王を助けた名政治家。

孔門十哲。孔子の十人の弟子。

孔子。古代中国春秋時代の思想家。儒教の祖。文王、武王、周公を尊び、中国古来の思想を取り纏めて政治理念を打ち立てた。

これらを信長の意を汲んで光秀が描かせた訳は、天下平定後の織田家の政治理念の思索の

間として天守の最上階へ描かせたのである。太公望呂尚は勿論光秀自身の事だ。

光秀は信長の朝廷政策の折衝係でもあったから、朝廷の方から室町幕府時代以前から出て来ていた天皇家が持明院統と大覚寺統とに割れてからの不安定さ。よく応仁の乱からの「吾（われ）さえ富貴ならば」の思想は太平記の時代から室町期は乱が起きては鎮定し、再び乱が繰り返しの長い時代であった。

例えどんな極悪人であろうと金銀を洛中にばらまきさえすれば、

「いやあ、あの人は良い人だ」

と変わってしまう異常な状態は室町期全体における道徳崩壊の世の中だ。応仁の乱以後はそれは益々酷くなり、約百年近くも続いている。信長と光秀はその世の中を治め天下を平定して、織田幕府を開き、信長の玄孫辺りでの古代中国の儀式へ法った正式な天皇家からの皇位の禅譲を勘案していた。それは朝廷側から出て来ていたのである。それに強硬に反する勢力は朝廷の中には粗無（ほぼ）かったが正親町天皇は反信長派であり、皇太子誠仁親王は親信長派であったから子の五宮を財産相続権の無い信長の養子としていた。しかし、それは信長も光秀も与り知らぬ死後の事柄としてあくまでも國の指針としての概略であり、自身達は皇位を窺う等は考えてもいなかった。なによりも京は平安の昔から攻められやすく守るに難い地形で、それを何とかしなければならなかった。その為に京都御所と同じく天皇の住まいを城内へ創っていた。この安土城は天正七年五月に信長が移り住む事となる。話を元に戻そう。

天正六年三月十三日に上杉謙信が死去した。卒中だったという。御殿医の記録には肺に鉛玉が入っていてそれも死期を早めた遠因の一つとされている。

十月、摂津有岡城の荒木村重が突然信長に叛いたとの報が大衝撃をもって織田軍を走った。その第一報を聞いて信長は、

「一体、何が不満なのじゃぁっ〜」

と嘆き、村重の息子に光秀の長女御岸の方を縁組していた事から、光秀を村重の所へ使わし説得を試みた。しかし、幾ら説いても村重の翻意は叶わずに光秀の身を案じた村重は御岸の方を離縁して子共々、光秀の元へ返して来た。

天正（一五七九）七年は荒木村重の討伐にかなりの日数をかけなければならなかった。

五月十一日、吉日につき安土城の天守へ正式に移った。二十七日、浄土宗と法華宗の有名な宗論が行われ計略を用いて法華宗を屈服させ他宗に対して法難しない事を誓わせさせる。

その直後、坂本城にいる光秀の元へ藤孝が訪ねて来ていた。牧の方が天正四年十一月七日に卒した時に光秀は城持ち大名であり乍らも（この時代城持ちの大名は妻の葬儀へは参列しないのが決まりであった）参列して棺を担ぎ、土に埋まり見えなくなる迄側を離れなかったと云う。その牧の方の遺言により妹の芳子を後妻として迎えて、側室を家臣達の勧めもあり沢山置いていた。その理由は織田家の領地が格段に広くなり光秀は武功限り無く、それに連れて光秀の領地も広くなっていったのと他国との政略結婚や養子縁組を推し進める必要性に迫られた為であった。

そして天正五年十一月七日に牧の方の喪が明けた日に随風と名乗り、僧籍に入っていた光重が僧侶としての勉強を全部終わらせていたのを覧(み)て還俗させて、自分の秘書官としての側近として謀略、調略の全てを教え込んでいた。その光重が控えている前で藤孝は云った。

「信長公は法華宗に帰依している筈だが、宗論論争を公衆の面前で行う等悪趣味だ。まして嫡男の信忠殿は父親の権勢をかさに着て傲慢鼻持ちならない。貴殿は今でもそんな信長公親子の心を翻そうとしているようだの。それは結構だが、儂が以前に忠告した事を忘れてはいまい。貴殿は余りにも抜きん出ているのじゃ。足元をすくう輩が出ないとも限らない。それに信長公親子の悪逆非道も近年益々酷くなってきている。そんな中で反信長公の輩も中々無くならぬというものじゃ。貴殿との友情に免じていらざぬ忠告と想わないでくれ」

再びの忠告に光秀は云った。

「御言葉痛み入る。上様には御子様方の教育を頼まれておる故、その為に心を砕いているのじゃ。何よりも信忠様は次代の天下人となるお方故、念入りに文を渡しておる。しかし乍ら儂の力不足からか余り効いてはおられぬさまだがの」

藤孝が云う、

「そんな事はあるまいに。端から観ていても辛いくらいに心を砕いておるではないか。そなたのような器量人を粗末にする信忠殿の胸の内は如何なものかと儂は想うぞよ」

「それは………、桑原、桑原で御座るよ」

「そうだったの、はははは」


天正六年光秀の四女御玉の方と藤孝の嫡男忠興の縁組みが信長の命にて行われていた。同じ月に光秀の五女の御辰の方と信長の甥で織田親族衆序列五番目の七兵衛尉信澄との縁組みも信長の命にて行われていた。

この信澄は一代の傑物で刑を科するに残酷ではあったが、光秀の縄ばりによる近江大溝城の城主という地位にいながらも四半刻（約三十分）でも空き時間が出来ると、光秀の所へ訪ねて来て治政の事や人心の掌握術等々教えを請うていた。それを知っている藤孝は暗に信長親子を批判して光秀を慰労したのだ。室町幕府衆を家臣団に組み入れていたのは重臣達では光秀だけだったのと越前以来の旧交に甘えて心情を吐露したものとも云える。

光秀はこの忠告へも感謝の念を伝え、丹波丹後攻めを益々熱心に行う事となっていった。帰順を説き、日本（ひのもと）は王土王臣の國だと丹波勢に書簡を送り、天皇を擁する信長への帰順の理（ことわり）を説いていった。出来る限り力攻めを避け、講和の路を選ぶように努めたのも不動明王の護民の精神の顕れであった。


九月二日、荒木村重は有岡城を脱出して尼崎城に移って籠城する。


九月十五日、徳川家康に命じてその嫡男信康を武田への内通を理由に切腹させた。一説には信忠よりも信康の方が優れているとみた信長の将来の禍根を断つ処置とも噂された。しかしこの時の徳川側の信長への使者がしどろもどろで何の弁解も出来ずにいた事を家康は終生忘れず後に将軍へなってから、その使者の永年の功績評価としての息子への加増が少なかった事へ抗議に訪れた使者へ、にっこりと笑い乍ら、

「お前も子は可愛いのか？」

と云って退散させたという逸話がある。この信康の切腹は家康にとっては大きな痛恨の打

撃であり、信長への畏怖の念は強くなっていった。

十一月五日、内裏に奏聞して二条新御所を皇太子誠仁親王へ進献した。この新しく出来た二条御所は要塞化した造りとなっていた。

十二月十三日朝、尼崎七松の刑場で村重の有力家臣の妻や娘達百二十二人を磔にくくり、鉄砲や槍で嬲り殺しにした。続いて、彼女達へ仕えていた女中三百八十八人と若党以下の男百二十四人、計五百十二人を四つの家に押し込めて周りに干し草を敷き詰めて焼き殺す手筈を整えた。この時に定めを察して、

「助けて下さいっっ」

と泣き叫ぶのを信長は聴いて、

「不憫で不憫で仕方が無い」

と泪を流したが、

「佞人懲らしめの為」

と焼き殺した。越えて十六日、今度は村重の妻子と弟妹達の荒木一族三十余人を二人ずつ車一台に乗せて京まで運び、洛中を引き回しの上、六条河原で斬首した。その執行官は丹羽

長秀と滝川一益であった。

天正（一五八〇）八年四月九日に朝廷の斡旋により本願寺との和議が成立して顕如は紀州に落ち延びていったがその子教如は徹底抗戦を叫び石山城に籠城していた。八月二日、教如と誓紙を交わして教如は雑賀へ落ち延びていった。

信長は石山城の修繕を信澄へ命じて大坂城と改名して信澄へ石山大坂城を与えて摂津の闕所を加増して入京した。

この頃に事件が起きた。信長の重臣佐久間信盛信栄親子と林通勝（秀貞）、安藤盛就、丹羽氏勝らを信盛親子へは十九箇条の折檻条を与えて、他にも折檻条を与え、信盛親子への折檻条へは、

「日向守、天下の面目を示したり…………云々」

との意を書き光秀の丹波丹後平定を一番とし、二番目に、粗（ほぼ）、播磨を平定した秀吉の名を挙げて、永年の石山本願寺攻略に何の手柄も挙げなかった事や武辺道（古来からの本来の武士道の事。我々現代人が連想するのは江戸期の武士道で全く違う）を怠り、怠惰として信盛親子の禄を剥奪して高野山へ追放してしまった。林通勝へは尾張も平定していない頃に信澄

の父で信長の弟、信行（信勝が正しいとの近年の研究があるが一般に判りやすく知られている信行を使わせていただく）を擁立して信長に叛旗を翻した旧い出来事迄持ち出して、安藤盛就、丹羽氏勝共々遠国へ追放してしまった。

この特に佐久間信盛親子の追放は衝撃が諸将達へ走ったが、その織田家の諸将達の中で京の国衆を最も多く傘下へ収めていたのは信盛だったので、その遺領は殆ど光秀の加増となった。西近江丹波他の領地と共に約七十二万石の大太守となった光秀であった。

十一月七日に信長は光秀へ大和も与えようとした。しかし光秀は末弟筒井順慶へ譲り、辞退した。それを見て信長は、

「そんなに遠慮せずともよいのにぃ」

と声をあげて笑った。歴史にもしは禁物だが、この時に光秀が大和の加増を受けていれば山崎の戦で負ける事は無かったであろう。

もうこの頃には畿内に信長の敵は殆どいなくなっていた。天正（一五八一）九年の幕が開いた。この頃から信長の治政に不安を持つ反信長勢力の密謀で信長暗殺計画が策謀される年であったが、それを止める役割は光秀が担っていた。

二月の末に光秀を奉行として一度目の馬揃えが行われた。織田軍団の勢揃いであったが毛利と対陣していて信長の勘気を受けている秀吉は参加を許されなかった。馬揃えは日を置かずに二度行われているが正親町天皇ら大勢の公卿達や庶民達も見物に訪れた。それは譲位への督促の意味もあったが、朝廷は暦の不吉を示して来年に行う旨を伝えてきた。


ある日、光秀は娘婿の細川忠興を、坂本城へ呼び出した。

忠興が光秀の前にて礼を尽くすと、光秀は徐に云う、

「婿殿、玉との仲は睦まじいと藤孝殿から伺っておるが…………」

此処まで云ってからの言葉が出て来ない光秀であった。やがて、光秀の双眸から泪がしたたり落ちる。その様子を見て取った忠興は、

「義父上は、会話の出来る御様子ではないようなので、これにて失礼つかまつる」

と、小姓達へ伝え、帰って行った。

そして、城へ帰ると藤孝へ事細かに伝えた。

藤孝が云う、

「そちは、それだから駄目なのだ。舅殿のそちと御玉の方の行く末を想う親の気持ちが解ら

ぬのか？　舅殿は同じく婿の信澄殿の行いと、そちの日頃の行いに想う所があって、敢えて厳しくそちを薫陶しようとしていたのじゃっ。しかし、まだ歳若き御玉の方の事を想う親の気持ちから、自ら来る者と呼び出してやっと来る者との違いに舅殿は泪を流したのだ。そのそちの過ちへ気付かぬのかっ」

と最後は厳しい口調で忠興を叱りつけた。

忠興は、

「しかし………、義父上はとても会話の出来る状態ではなかったので御座います」

「馬鹿者っっ。それなら何刻でも待つのじゃ。そちと舅殿では本来は織田家の序列では、会話すらままならぬ身分ではないのかっ」

藤孝は、そこまで怒りを爆発させると、別の間へと下がってしまった。

この出来事の後、忠興は坂本城へ光秀を尋ねる事が少しは増えたが、信澄程には回数も時間も多くはならなかった。

光秀は明智軍の高齢化からまだ若く猪突猛進型の忠興が縁戚に加わるように信長に云った事があって婿にしたのである。特に武闘派と云われる藤田伝五行政と光忠の陣へ忠興を加わらせて学ばせた。しかし、武に逸る忠興は猪武者振りを発揮しすぎて軍令違反を度々し、光忠と行政に厳しく薫陶され成長していった。

光忠は云った。

「忠興殿、今後の戦では決して余の命令があるまで軍勢を動かしてはならぬ。戦において、泣くのは民達であるぞ。それにそちの勇猛さは認めるが勝機と云うものはそちの想う程、単純では無いのだ。もしも、軍令違反をした場合は、謹慎を申しつけるぞっ。我が命は殿の命、そして上様（信長）の命じゃっ。判ったな」

不服そうな忠興は、一瞬そのような表情を見せたが、直ぐに取り繕い、こう云った。

「判り申した。其れがしの未熟に赤面の想いで御座います。今後とも御指導の程を…………」

と、平伏して光忠の話に相づちを打っていった。

細川家と筒井家は、摂津の高山右近、中川清秀、池田恒興と共に光秀の組下（軍事的支配下）であった。勿論、信長の命である。組下という事は経済的支配下という事だ。現在の米軍と英軍や米軍と自衛隊の関係性と似通っていると云えば、現代人へは通じやすいかもしれない。この時には光秀と藤孝では完全に地位も何もかも格差が開いていたのだが、光秀は誠意を持って藤孝、忠興親子と弟の順慶へ接していた。本能寺の後でよもや二人とも裏切るとは、この頃の蜜月を想う程に歴史の残酷さを感じさせる逸話である。

三月七日。朝廷は官位も役職も辞して無位無冠の信長へ左大臣任官を勧めてきた。しかし信長は誠仁親王への譲位後に拝命すると返答して安土へ帰ってしまった。以後、本能寺の変まで信長は京へ入っていない。それは光秀の進言にて暗殺計画が完全に止まる迄は攻められやすい京への逗留は避けるように云われたからだ。


この頃、九州の大友宗麟の使者として博多の豪商島井宗室と神谷宗湛が光秀に取りなしを依頼しに訪ねて来た。大友宗麟とは同盟を組んでいたのでそれ自体は不思議ではなかったが、信長は宗室秘蔵の茶器を献上するように通告してきたのを宗室は断り、怒った信長の怒りを静めたのも何時もの事とはいえ光秀の役割であったから、島井宗室と神谷宗湛が光秀を頼みとして来たのだ。光秀は坂本城で茶会を開き、信長から拝領した掛け軸をかけて暗に自分の意志を伝えた。

光秀が云う、

「来年には甲州を攻める予定でおるから一旦博多へお帰りなされて、また正月にでも身どもの方から博多へ文を遣わします故に。平に意を汲んで下され。上様の機嫌は其れがしが取りなして起きまする。宗室殿、宗湛殿へは久し振りで其れがしも嬉しく想います。宗室殿、宗湛殿へは播磨の路迄、其れがしの護衛を付けまする故に、秘蔵の茶器は諦めてこの次の上洛の時にでも上様へ献上するのが博多の命運の為で御座る。悪い事は云わぬものと約束いたしますする故に」

六月二日。丁度本能寺の変の一年前に光秀は以前からの明智家家中軍法を成文化した。それは三百年後の近代軍事にも匹敵する程の厳しいもので、織田家の諸将達が真似た程であった。

この軍法の最後に光秀はこう記している。

「自分は瓦礫沈淪の小さな石ころのような者から莫大な軍勢を上様から預けられるに至った。国家の為に何の功績も挙げない者は国家の費えであり、穀潰しである。皆の者、御足労ではあるが奮起して欲しい。功績があった者へは自分が責任を持って上様へ報告するので軍法をよく読んで忠勤して欲しい」

信長への深い感謝の念と忠節を感じられる文で結んでいる。

十二月から信長は兵糧を家康の所へ運び武田攻めへの準備を本格化させた。

天正（一五八二）十年二月に信濃の木曽義昌が信長へ人質を出して通じて来た。これを皮切りに武田方の有力武将穴山信君が同じく人質を出して家康の先を案内する始末で、信長は信忠を総大将として滝川一益を副将に付けて甲州へ攻め入らせた。信長は一益へ手紙を何度も送り信忠は若い故、勇み足をしないように注意してくれと命じていた。

三月五日、信忠軍は甲府へ攻め入り武田勝頼親子を天目山の麓へ追い詰めて、十一日、滝川一益と河尻秀隆の軍に攻められて、勝頼に従う者僅か四十一人、嫡子、信勝は光秀の従妹の子（産後の肥立ちが悪くて亡くなってしまっていた）であったが、親子共々自刃した。

光秀は末弟の筒井順慶と共に後詰めの軍であったので直接の戦闘の機会は無かったが、或（あ）る公家の日記には光秀の軍勢の兵士がやる気が無かったと記してある。それは日頃の信忠の態度に辟易している織田軍の兵士達の偽らざる気持ちが態度に出てしまっていたのである。信長もそれを判っているだけに何度も一益へ書簡を送ると共に、この甲州攻めにて信忠の功績を強固なものとする事を誓願して、朝廷政策としてのすりあわせにも重要な戦であった。それは信忠の将軍任官により歴史上初めての平氏幕府開設の階（きざはし）であったが、この甲州攻めで光秀を激怒させる信忠の蛮行が行われた。

四月三日、甲州武田家の菩提寺恵林寺が信長に敵対していた牢人三人を匿い引き渡しを求める信忠の目を掠めて逃がしてしまった。しかし落ち武者を匿うのは寺は半ば仕事のようなものだし、況して菩提寺の立場では織田へ味方する訳にはいかない。恵林寺の住職快川紹喜和尚は光秀の幼年時代の師でもあった。信忠は信長の決裁を待たずに独断で恵林寺の山門に老若男女悉くを追い上げ虱潰しに捜索して快川紹喜以下老若男女百五十人を焼き殺した。

燃え盛る焔の中で快川紹喜和尚は合掌端座して、

「安禅必ずしも山水を用いず、心頭を滅却すれば火自ずから涼し」

と大声で叫んでこときれた。

光秀は無辜の民百五十人を虐殺した指揮官が信忠であり、信忠の独断であるのを知ると激怒して光重、光春、光忠、光近へこう云った。

「儂も一向一揆の殲滅や荒木村重の家族の虐殺の時には不憫だと泣く上様を促したりもして虐殺を泪を呑んで行ってきた。それは背後に上様へ敵対する政治的な勢力があったからじゃっ。だが今回の恵林寺は違う。全く無抵抗の人々を虐殺した蛮行ではないかっっ。恵林寺の背後には何の勢力も無いのじゃっ。これからの上様の天下を継ぐのは信忠様であるが、あのような人物が天下人ではこれからの上様の西国征伐、関東東北征伐ではもっと沢山の良民の血が流れよう。逃がしたのが問題ならば、快川師を始め代表者を数人処刑すれば良い事ではないかっ。世も末じゃっ」

そう云い終えた後で光秀は突然、喀血した。労咳で亡くなった糟糠の妻の牧の方の看病を一人で行っていた光秀は近年労咳を発症していたのである。驚いた光重達を制して、

「儂はこれから上様へ諫言して来る」

と云い残して信長の御座所へと駒を進めた。諫言はしたが、信長は後で信忠へよく云い含めておくとだけ応えて、ばつの悪そうに話を打ち切ってしまった。これが本能寺の変のきっかけとなった事件であるが、原因では無く遠因であり、光秀も謀叛など考えてもいなかった。

四章　乾坤一擲の鳶色の夢

甲州攻めから帰った光秀は家康の接待役を信長から任じられた。永年働き詰めだった光秀に休暇を与えると共に光秀の生家の山岸家は進士家とも云い、幕府の料理を司る家であったから適任と云えた。光秀の兄の山岸信舎と次の兄の進士賢光と光秀もその期待によく応えて準備に当たると共に、朝廷政策も動きがあった。誠仁親王の即位で或る。信長が安土へ帰る頃に光秀は代理で京へ行き祝意を伝えた。今上皇帝の誠仁親王は後に諡として陽光院天皇とされたが、即位もしていない皇太子へ院号の諡を与える等は絶対に有り得ない。現実に誠仁親王の事を御上や主上と記している記録がある。特に主上は天皇そのものを指す言葉であるから、もしも即位していないのにそんな事を放置して置いたら朝廷では大問題になるのだ。作品中では便宜上、陽光院天皇とこれから記させていただく。閑話休題。

安土へ戻った信長は上機嫌で家康の接待では自ら家康一行の膳を運んで丁重に持て成した。その喜びようは尋常では無く、光秀の接待が信長の機嫌を益々よくしたものと云える。

「光秀、大儀であった。余は嬉しく想うぞ」

この時に備中高松城を攻めている秀吉から信長へ苦戦中故に信長親子の出陣を督促する早馬の急使が来たと云うのを聴いた光秀の脳裏に霊感のように閃く直感が響いた。

（羽柴謀叛っ！）

これは誤ちでは無かった。光秀は丹波の国衆で忍者である夜久主計頭（やくかずえのかみ）の一族郎党を雇い入れて夜久を通じて備中の連絡と秀吉の動向を探らせていたのだ。

光秀は確認の為の使者を走らす手立てを取ると同時に信長へ注進した。この時の秀吉は毛利との戦は優勢であり援軍の必要性など無い事を伝え、配下の甲賀忍者の上田という者の郎党達を備中へと走らせている事も信長に伝えた。この時の信長との二人きりの密談は二刻（約四時間）の長きに及び、毛利の特に小早川隆景と内通した羽柴秀吉粛清の戦の謀略が信長との間に練られた。

毛利と秀吉の兵力は毛利が約二万弱、秀吉は約二万、併せて四万の大軍である。光秀は畿内の兵力の殆どを秀吉討伐に充てる事を献策すると共に、自分が赴き、先ずは説得する役を荒木村重離叛の時と同じく進言して取り入れられた。それと同時に、毛利の山陰道の担当である文化人的教養人の吉川元春への文を遣わして離間の策を取り、それ以外にも信長親子の動座を後詰めの軍として願った。そして密談の終わりに信忠の恵林寺での蛮行の事をまた持ち出して諫言した。信長はうんざりしたが光秀が怒った時には信長も宥めるのが大変だった事は幾度もあったので、

「判った。余から信忠へよく云い聞かしておく」

と応えて、表向きはおくびにも出さずに接待役を丹羽長秀と交代させて光秀を坂本城に帰らせて出陣の準備を本格化させた。

家康への挨拶をしようと光秀が大宝院に行き挨拶をする。

「主命により、饗応役を丹羽殿と交代して坂本城へ帰る事となりました。万事不行届の段お詫び申し上げます」

家康は辺りに人影が無いのを知ってか知らずか、信長親子を批判する言葉を吐いた。

「恵林寺の話は聞いた。信長殿親子は惨いお方じゃのぅ。儂のせがれもあの方の一言で命を失のうたわ。今生きておれば二十四になるがの」

何か応えようとする光秀を制するように、

「いやこれは要らざる事を申した。聞かざった事にして下され」

「では、これにて」

この頃の家康は岐阜城主信忠の許可無く軍勢を東へ向けてはならなくなっていた。家康にとっては時が経つ程に形勢は危うくなる状態であったのを暗に伝えたのかも知れないと光秀は坂本城へ向かう船の上で考えていた。

安土から坂本城は船で四半刻（約三十分）の行程である。光秀はその日のうちに西国征伐の準備を始めた。この時から五月二十四日の愛宕百韻の戦勝を祈念する連歌会迄の間には何の物資の出入りも無く、謎の期間と云われているが、光秀の元へ博多の豪商神谷宗湛から文が届けられた。同じく博多の豪商島井宗室と共に上洛していたのであるが、六月の二日に信長一同と茶会を催しその時に宗室秘蔵の「楢柴肩衝」と云う茶入れを信長へ献上すると云う、たわいもない書状であったが、その書状の添え付きにもう二つの文があったのだ。それを見た時に光秀は驚愕した。

それは陽光院天皇からの勅諚で朝敵信長親子を討てとの命であった。もう一つは毛利の鞆にいる義昭からのもしも信長を討ち果たした故は将軍位を禅譲するとの文であった。光秀は非常に迷った。信長は家康を京見物の後で堺へ誘い込み異父弟の長谷川秀一に命じて隙を見て家康を刺殺せよとの密命を与えていた。光秀は断る事も考えたが暫くの猶予を自らに科して初日は床へついた。

翌朝、満足に寝付けなかった昨日の文の真贋は確かに見慣れた義昭の直筆であり、密勅も本物であった。光秀は迷いに迷う日々を送り乍らも羽柴粛清の戦の準備には余念が無かった。光秀がここ迄迷うのには理由があった。

実は明智家は天皇家の血を引いていたのである。光秀の娘達の幼名は割愛していたがその全てに「子」が付いているのは天皇家の血を引く家の特徴であった。つまり土岐源氏だから天皇の血を引いているのではなくて、近しい年代に天皇の血が入っているという事だ。

光秀が勤皇家であったのも思想もあるが血のなす術かも知れない。しかし光秀はこの謀略の杜撰さに初めは呆れ返った。戦の素人の商人と公家と連歌師の立てた謀略であるのだから当たり前と云えるのだが。

それにこの謀略には、もしも自分が信長親子を討った後に罠が張られている事も察していた。光秀は沈思黙考した。信長の大恩は愛すべく程に身にしみて感謝しているし今でも信長を討ち果たすなど考えも寄らない。しかし信忠は別だ。随分と諫言や再教育をしたが聞き入れられなかった。最近は能楽へ傾倒して自分用の衣装まで揃える呈で信長の激昂を買い廃嫡されそうな所を取り成したのも光秀だ。しかも、恵林寺の蛮行は天下人のする事では無い。

光秀と信長が生きていれば心を翻す事も出来るかもしれないが、光秀は五十五歳で信長は四十九歳。現代で云えば八十、九十の老境である。ましてや光秀は労咳の初期症状を発症している。光秀はまんじりともせぬ日々を送り、五月二十四日に坂本城を出て愛宕山へ登った。

連歌の会が開かれる前に光秀は深く愛宕権現へ祈念して御神籤を何度も何度も引き吉が出る迄、その数九回を数えた。最後に吉が出て落ち着くかと想ったが平静を装ってはいるものの心は阿鼻叫喚の恵林寺の蛮行を想い出していた。光秀の胸はさんざんに乱れた。

やがて連歌衆達の元へと向かう光秀がいた。

この日の連歌会へ参加したのは信長親子暗殺の密謀者の一人里村紹巴。愛宕西之坊威徳院住職の行祐。愛宕上之坊大善院住の宥源。里村紹巴一門の昌叱。同じく一門の心前。猪苗代家の連歌師、兼如。光秀家臣の東六郎兵衛行澄。光秀嫡子の光慶は熱病で亀山城へ伏せっていた為に光重が代理で参加した。

初表は光秀であるが光秀の胸を大嵐のような迷いが激しく渦巻いた。意を決して光秀は読み上げた。

初表

時は今天が下知る五月哉　光秀

水上まさる庭の夏山　行祐

花落つる池の流れをせきとめて　紹巴

風に霞を吹き送るくれ　宥源

春も猶鐘のひびきや冴えぬらん　昌叱

かたしく袖は有明の霜　心前

うらがれになりぬる草の枕して　兼如

聞きなれにたる野辺の松虫　行澄

初裏

秋は只涼しき方へ行きかへり　行祐

尾上の朝け夕ぐれの空　光秀

立ちつづく松の梢やふかからん　宥源

波のまがひの入海の里　紹巴

漕ぎかへる蜑の小舟の跡遠み　心前

隔たりぬるも友千鳥啼く　昌叱
しばし只嵐の音もしづまりて　兼如
ただよふ雲はいづちなるらん　行祐
月は秋秋はもなかの夜はの月　光秀
それとばかりの声ほのかなり　宥源
たたく戸の答へ程ふる袖の露　紹巴
我よりさきにたれちぎるらん　心前
いとけなきけはひならぬは妬まれて　昌叱
といひかくいひそむくくるしさ　兼如

二表

度々の化の情はなにかせん　行祐
たのみがたきは猶後の親　紹巴
泊瀬路やおもはぬ方にいざなはれ　心前
深く尋ぬる山ほととぎす　光秀
谷の戸に草の庵をしめ置きて　宥源
薪も水も絶えやらぬ陰　昌叱

松が枝の朽ちそひにたる岩伝ひ　兼如
あらためかこふ奥の古寺　心前
春日野やあたりも広き道にして　紹巴
うらめづらしき衣手の月　行祐
葛のはのみだるる露や玉ならん　光秀
たわわになびくいと萩の色　紹巴
秋風もしらぬ夕やぬる胡蝶　昌叱
みぎりも深く霧をこめたる　兼如

二裏

呉竹の泡雪ながら片よりて　紹巴
岩ねをひたす波の薄氷　昌叱
鴛鴨や下りゐて羽をかはすらん　心前
みだれふしたる菖蒲菅原　光秀
山風の吹きそふ音はたえやらで　紹巴
とぢはてにたる住ゐ寂しも　宥源
とふ人もくれぬるままに立ちかへり　兼如

心のうちに合ふやうらなひ　紹巴
はかなきも頼みかけたる夢語り　昌叱
おもひに永き夜は明石がた　光秀
舟は只月にぞ浮かぶ波の上　宥源
所々にちる柳陰　心前
秋の色を花の春迄移しきて　光秀
山は水無瀬の霞たつくれ　昌叱

三表

下解くる雪の雫の音すなり　心前
猶も折りたく柴の屋の内　兼如
しほれしを重ね侘びたる小夜衣　紹巴
おもひなれたる妻もへだつる　光秀
浅からぬ文の数々よみぬらし　行祐
とけるも法は聞きうるにこそ　昌叱
賢きは時を待ちつつ出づる世に　兼如
心ありけり釣のいとなみ　光秀

行く行くも浜辺づたひの霧晴れて　宥源
一筋白し月の川水　紹巴
紅葉ばを分くる龍田の峰颪　昌叱
夕さびしき小雄鹿の声　心前
里遠き庵も哀に住み馴れて　紹巴
捨てしうき身もほだしこそあれ　行祐

三裏

みどり子の生い立つ末を思ひやり　心前
猶永かれの命ならずや　昌叱
契り只かけつつ酌める盃に　宥源
わかれてこそはあふ坂の関　紹巴
旅なるをけふはあすはの神もしれ　光秀
ひとりながむる浅茅生の月　兼如
爰かしこ流るる水の冷やかに　行祐
秋の螢やくれいそぐらん　心前
急雨の跡よりも猶霧降りて　紹巴

露はらひつつ人のかへるさ　宥源
宿とする木陰も花の散り尽くし　昌叱
山より山にうつる鶯　紹巴
朝霞薄きがうへに重なりて　光秀
引きすてられし横雲の空　心前
名残表
出でぬれど波風かはるとまり船　兼如
めぐる時雨の遠き浦々　昌叱
むら蘆の葉隠れ寒き入日影　心前
たちさわぎては鴫の羽がき　光秀
行く人もあらぬ田の面の秋過ぎて　紹巴
かたぶくままの苫茨の露　宥源
月みつつうちもやあかす麻衣　昌叱
寝もせぬ袖のよはの休らひ　行祐
しづまらば更けてこんとの契りにて　光秀
あまたの門を中の通ひ路　兼如

埋みつる竹はかけ樋の水の音　紹巴
石間の苔はいづくなるらん　心前
みづ垣は千代も経ぬべきとばかりに　行祐
翁さびたる袖の白木綿　昌叱
名残裏
明くる迄霜よの神楽さやかにて　兼如
とりどりにしもうたふ声添ふ　紹巴
はるばると里の前田を植ゑわたし　宥源
縄手の行衛ただちとはしれ　光秀
いさむればいさむるままの馬の上　昌叱
うちみえつつもつるる伴ひ　行祐
色も香も酔をすすむる花の本　心前
国々は猶のどかなるころ　光慶

光秀は初句を発声した瞬間に全くの平常心に戻った。この後、光秀の平常心はただ一度信長の死を確信した時を除いて死ぬ迄続いていた。

光秀は京堺の家康と備中の秀吉へと密書を使わした。そして亀山城へ入り西国征伐の準備に忙殺された。信長親子を討つ決意はしたものの前述の愛宕百韻の中でも判るように死を覚悟していた。ほととぎすや鶯は死を顕す鳥である。天正四年に亡くなった妻の牧の方を想う句を遺しているのも光秀の心中を窺わせるのに充分であった。然れども側にいる光重にも余計な言葉は発せずに、堺衆との折衝にて大量の鉄砲と火薬の納入を督促して備中からの返事を待った。しかし、光重は全ての謀略を知る立場にいたのが後の復讐劇への伏線となる。

里村紹巴は洛中の前太政大臣近衛前久と陽光院天皇の義兄の勧修寺晴豊へ密使を立てた。この晴豊は愛宕百韻の頃に毎日陽光院天皇の所へ行っている。

この光秀の動きを逐一備中の秀吉へ報告している男がいた。光秀へ話を持ってきた人物の神谷宗湛である。

光秀は連絡網を使い信長親子の動向を探らせ亀山城に逐一報告させた。そして亀山城下の谷性寺(こくしょうじ)へ参籠すると不動明王へ祈念を捧げ、高野山南院の本尊「波切不動明王」へ密使を立て、

「我に一殺多生の利剣を授け給へ」

と誓願をこらした。

謀略家光秀のこの本能寺の変での謀略はかなり広範囲に行われていた。秀吉からの返信が届いたのは、信長親子が京へ僅かな供回りで確実に入った報告を得た五月二十九日の深夜であった。

秀吉からの返事は光秀の意見へ従い、命を助けて貰う見返りに先ずは光秀を征夷大将軍として柴田へ一緒にあたり、畿内を五十日から百日の間に平定した後、信長の甥で光秀の娘婿の織田信澄（天正六年に光秀の縄ばりにての水城の大溝城城主であり、現在は大坂城城主も兼ねていた。毛利征伐の後で大溝城は堀秀政へ与える事が信長の命で決まっていた）へ天下を譲り織田家宗家を取り替えると云う話であった。家康からは同心の返事が返ってきていて、家康は計略を知りて上洛したという記録が残っている。そして光秀は甲賀衆を手引きして伊賀越えの援助をさせる手立てを整えた。家康は長谷川秀一らと六月一日に堺を脱出して一路三河へ向けて駒を走らせていた。

一日、信長は多数の公卿達に取り囲まれ名物の茶器を披露して得意満面であり、信忠と共に夜更け迄囲碁の対局を見物したりしていたが一日の深夜に至る迄、宴は続き寝床へつくのは未明であった。島井宗室と神谷宗湛は宗室秘蔵の名物の茶器を信長へ進呈して本能寺に造られていた客殿で深夜に寝床へついた。


光秀は一日夜に重臣達五人を自室へ招き入れ人払いを確認してから、おもむろに告げた。

「儂はこれから京へ向かい信長親子を討伐したいと想うが、そなた達は同心してくれるだろうか」

部屋の中を一瞬の沈黙が支配したが、筆頭重臣の光春が話した。

「上様に代わり天下人の志たるとは想いますがその理由をお聞かせ下さりませ」

「甲州攻めの時の恵林寺の蛮行は知っていよう、信忠の蛮行はそれだけで無いのは長篠の合戦の時の虐殺でも明らかだ。儂も上様も老いていて近々お迎えも来よう。その後の天下人があのような人物では今後の良民達の生活はどうなるであろうか。恵林寺へいたのは比叡山の時のような悪僧、僧兵では無いのだ、全くの政治的な背景の無き無辜の民の虐殺では無いか。儂も随分と逆命利君をして信忠の心を翻そうとしていた事はそなた達も知っての通りだ。しかも、信忠は皇位の簒奪も企んでおるのじゃっ。織田家への禅譲は我らが死んだ遙か後に政治的な情勢がそうなったらの仮定の話じゃっ。それを信忠は自らこそ帝王に相応しいと思い上がっておるのじゃっ。しかし儂以上にこの事を憂いていた御方がいたのだ」

光秀は重臣達へ主上からの勅諚と義昭からの密書を見せた。

それを見た時、光忠が怒りの声で云う、

「主上様の憂いも兄上と同じであったのか、儂も随分と我慢を重ねていたが兄上が心を砕いておるのが辛うて辛うて、信忠の蛮行は確かに赦されぬ夜叉の行いじゃっ」

藤田伝五行政と斎藤利三が頷く。利三が云う、

「信忠だけではないぞ、上様も随分と悪鬼羅刹の振る舞いをして来た。上様、いや信長親子こそ万民と我らの敵じゃっっ」

溝尾庄兵衛が頷く。行政が云う、

「信忠が夜叉ならば、我等は羅刹じゃっ、夜叉を喰う羅刹となって信長、信忠親子を討ち果たしましょうぞ」

光春がおもむろに口を開いた。

「兎に角、此処で無用の評議へ時間を費やすよりも速やかに本能寺と信忠が籠もるであろう二条の御所を囲む算段をつけましょうぞ」

光秀が云う、

「判ってくれたか、備中の秀吉殿や堺へ逗留中の三河（家康）殿も同心を了承してくれた。

儂が最も畏れているのは、柴田勝家殿と先年追放された佐久間信盛殿の遺臣達が息子を奉じて敵対してくる事じゃっ。儂は秀吉殿が速やかに戻れるように手を打ってある。三河（家康）殿も同様じゃっ。それに今宵、筒井順慶と細川藤孝へも密書を使わせてある。その返信を見た時にはもう事は終わっているであろう。二人は一蓮托生の恩を儂から受けておる。しかしこの挙は乾坤一擲の若き日の夢を叶える意味合いもあろうかのぅ。皆には隠しておったが儂は労咳に罹っているようだ。御牧を看病した時に移ってしまったらしい。儂の最期の夢は民の安寧（あんねい）に他ならぬ、畿内を平定した後は隠居するつもりじゃっ。千万人といえども吾往かんじゃっ（良心に恥じる点がなければ敵が千万人いようと恐れる事無く進んでいこうと云う意味の孟子の言葉）」

少し泪混じりになり乍らも重臣達の瞳を見る光秀に五人は云った。

「孟子で御座りますな。我等一同死ぬ迄、殿の礎となる事に些かの躊躇いも御座りませぬ。さあっ、軍の編成を決めましょうぞ」

軍議は半刻（約一時間）弱で終わり、深夜新月の月の夜に歴史は動き出した。

本能寺は信長の宿泊に伴い僧兵達が退去させられていた。信長の供回りは蘭丸の他女子供を含む数十人であった。光秀は俗に云う明智越えをしてから、桂川で全軍にお触れを出した。

「今日から殿は上様へおなりになる」

敵対してくる輩と味方を見分けるには脚元を見て装備の無き者が敵である等々詳細に兵達に行き渡らせた。現在の午前四時前には京都御所を始め本能寺と二条御所も幾重にも明智軍の包囲網が出来上がった。

光秀は三条堀川の本陣へ光重を伴い陣取った。光春が本能寺を光忠と光近が二条御所を囲んで幾重にも明智軍の包囲網がしかれた。そして先ずは非戦闘員の退去を本能寺へ通告して脱出させた中に島井宗室と神谷宗湛がいた。二人はそれぞれどうせ燃えてしまう物だからと、宗室は弘法大師真蹟千字文の掛け軸を宗湛は遠浦帰帆の軸を持ち出していた。光秀は非戦闘員の退去を確認して真っ先に本能寺の客殿へ兵を進めさせた。この客殿は信長専用の屋敷であると同時に鉄砲と火薬や弾薬の格納庫であった。

信長は初めは下々の者のたわいない喧嘩と思い目覚めても顔を洗いに行っていたが、どうも様子がおかしいと蘭丸へ外を見に行かせた。篝火に水色桔梗の旗標を確認した蘭丸は驚いて、急ぎ信長の元へ返り云った。

「桔梗の旗標、惟任日向守殿の謀叛かと想われまする」

耳を疑った信長は云った。

「そんな筈はあるまい。お蘭、もう一度見て参れ」

再び外を確認して蘭丸は急ぎ戻って云う、

「間違いありませぬ。惟任殿の謀叛に御座ります」

「是非に及ばす」

それに継いで信長は云った。

「女子供は急ぎ逃げろ。惟任ならばそなた達へは手を掛けぬであろう」

その時に、濃姫は薙刀を持ち、上様と運命を共にしたいと云い張ったが、

「お濃、嬉しき事なれども、命令じゃっ。秀吉達ならばいざ知らずじゃが、惟任ならば女子供へは絶対に手は出さぬ。それに余はそなたへ申し訳無い想いで黄泉へ帰りたくはないぞ、いねっ」

「う、上様…………」

濃姫は泣く泣く脱出して行った。


光秀の甥の安田作兵衛國継が寄せ手の先手であった。國継は蘭丸の首を獲る大手柄をあげた。信長は奥の茶室へ火薬を大量に撒き、火をかけたうえで切腹をした。戦闘は四半刻（約三十分）程で終わり妙覚寺へ泊まっていた信忠が駆け付けてきたが明智軍の包囲に阻まれて

助けには行けず駆け付けた村井定勝の進言により二条御所へ向かった。

やがて、客殿全体に火が回り轟音と共に爆発した。焔（ほむら）が天にも届こうかというくらいに夜空へ突き抜けていった。それを見て三条堀川の本陣の兵達は歓声をあげたが、光秀は床几から立ち上がり、すうっと一筋の泪を両の瞳から流し続けた。それは野望にて天下を望んだ泪では無く、怨恨にて恨みを晴らした喜びの泪では無く、本当に自分に取って大切な大切な愛しい人を自らの手で殺してしまった深い哀しみの泪であった。側に控える実の息子の光重すらもその顔を見る事すら憚られる哀しい泪であり、それは四半刻（約三十分）も続いた。

その間に戦局は動いていた。二条御所に籠もった信忠の兵の撃った流れ弾が光忠の右脚へ当たり貫通して負傷し戦線離脱したのだ。その報は本陣の光秀へ届けられたが光秀はまだ泪を流していた。

光重が促す、

「父上、一大事で御座ります。光忠殿が負傷にて戦線離脱の由、誰を向かわせましょうか」

「四王天政孝を行かせよ」

光秀は我に返り、次々と指示を出していった。二条御所には非常に沢山の公卿達と陽光院天皇の一家がいた。信忠は此度（こたび）の変にて天皇を詰問したが、明智軍が迫っている由、無益な論争に時間を費やす愚を村井定勝の進言により止めて、光秀へ天皇一家の退去を申し入れ一旦休戦を申し込んだ。光秀は快諾して里村紹巴へ命じて粗末な輿（リヤカーのようなもの）を用意させて信忠の変装を警戒して駕籠等の使用は禁じた。天皇一家が無事京都御所へ入って直ぐに戦闘は再開された。信忠軍は奮戦して多勢に無勢ではあったが、かなり明智軍は手こずった。その時に元々の信長暗殺の首謀者の一人である近衛前久邸の扉が前久の手に因って開かれて明智軍は屋根へ登り上から鉄砲を五月雨のように射かけた。これには信忠軍の戦意は低下して討ち死にする者もどんどん出始めた。信忠は最早これまでと覚悟を決め家臣へ幼児の息子三法師（後の織田秀信）を岐阜迄送り届けてくれるように頼み、切腹して果てた。この二条御所での戦闘も半刻（約一時間）程で明智軍の圧倒的勝利に終わっている。

例え戦国時代と雖も、前太政大臣近衛前久邸の屋根に登って戦争をする等とんでもない事で、事後ただでは済まないのは古来からの常識であった。事前に約定が無ければ無理なのである。

光秀は京に永代地子銭免税令（地子銭というのは現在の固定資産税の幾割かに当たる。この徳政令は徳川幕府の世でも続いた）を出した。

民衆は狂喜した。

そして京での織田の残党狩りを徹底すると同時に現在の午後二時頃に近江平定へ向かった。

光忠は知恩院で養生をして、その後亀山城へ移り回復を待ったが光忠を始め光春、溝尾、斉藤、藤田の五人の重臣達と光重の六人しか光秀以外には信長親子が死んだ事は知らなかった。光秀は近江への出立直前に藤田伝五行政の家臣で藤田某という武士に備中の秀吉への文書を届けさせた。この使者は秀吉の領地を堂々と通り当時の道で約二百五十キロを一日半で走破した。健脚と云えよう。

光秀は近江の諸将達へ誘降の書を送った。かなりの諸将が光秀へなびいたが山岡景隆は瀬田の橋を焼き捨て甲賀の山中へ逃げ込んでしまった。しかし光秀は少しも慌てずに坂本城へ入り琵琶湖の海賊衆は光秀の配下だったし琵琶湖水軍の司令官は光春だった。坂本城から安土城迄は船で四半刻（約三十分）であり翌六月三日には近江はことごとく光秀の支配下となった。この織田家の残党狩りは熾烈を極めて京は六月四日の半ば過ぎ迄、織田方は混乱の極みへあり諸将達へ注進等は出来ぬ有様であった。信長親子が襲われた事柄は注進されたが親子が生害した事は明智軍の五人の重臣と光重しか知る由は無かったのだ。

翌六月四日坂本城経由で光秀は安土にて勅使を迎えて、大臣久我吉道、中納言難波宗豊、少将土御門道重から主上と正親町上皇も大変感嘆を現して、ここに征夷大将軍を宣下すとの勅諚を受けて官位は従三位参議左近衛中将であった。同時に四方討伐の勅諚を受けた。光秀は謹んで拝受した。

直ちに上洛した光秀は昇殿を許され拝謁を賜い、天杯を受ける光栄に浴した。

光秀は京都守護職に三宅式部秀朝を町奉行へは溝尾庄兵衛を任命して洛中洛外を巡視させた。生活困窮者へ施しを行い、堂上百司、地下官人にもそれぞれ金品を贈り、彼等の生活の安定を図った。

光秀は再び安土へ戻り書を大量にしたためる事柄にこの日は没頭した。

秀吉はどうかというと六月三日の深夜、現在の十一時過ぎに藤田某が秀吉へ直接渡した信長親子生害の文を確認するとこの使者を騙し討ちに討ち取ってしまった。

側に控えていた黒田官兵衛は想わず、

「これで天下は殿の思いのままで御座りますな」

と云った。秀吉は官兵衛を見てにっこりと笑い、毛利との講和を急いだ。

一方家康は同行していた穴山信君が家康を訝しがり離れて三河を目指していた。光秀の配下の甲賀衆と家康の家臣で伊賀出身の服部半蔵の助けにより、遙か三河へ伊賀路を急いでいたが、穴山は落ち武者狩りへ遭い殺されてしまった。

光秀は筒井順慶と細川藤孝親子の約定を取り付けていたが大坂城の織田信澄からの返事が返ってきてないのを不審に想っていた。それもその筈、信澄は光秀からの密使の云うとおりに大坂を動かずに三の丸へ籠もっていたが、変の報を聞いて信澄の光秀への同心を疑った信孝と丹羽長秀の策略により、五日朝に討ち取られてしまったのだ。

信孝と長秀の二人は兵の喧嘩を装い信澄を三の丸の櫓の外へ誘い出して騙し討ちにしてしまった。その急使はその日のうちに光秀の所へもたらされた。想わず光秀は嘆息して、

「頼もしい味方を一人失のうたわ」

と嘆いたが、次の手立てとして順慶へ河内への出兵を命じた。

摂津の高山右近、中川清秀、池田恒興の三人からは人質を取り、さらに裏切らないように順慶へ河内への出兵を命じたのだが、この摂津の三人の中で最も信長へ叛意を抱いていたのは池田であった。この池田の領地を召し上げて織田信澄へ与える事が信長存命中に決まっていたのだ。佐久間信盛のように追放の可能性すらあったのだが、池田恒興は首の皮一枚繋がったと云えよう。しかし秀吉からの計略の魔の手がこの三人へも伸びていた。

安土の光秀の所へ知己の吉田兼見が勅使として見えて陽光院天皇からの謝礼の品の緞子を賜った。光秀は銀五百枚を内裏へ献上して、京都五山へ百枚ずつ、さらに他の仏閣に五十枚ずつを寄進して、敵味方の区別無く本能寺の変の戦死者の菩提の弔いを依頼した。（当時は身分へよって供養にも差を付けるのが常識であり、それは江戸期に最も強まり身分社会となっていった。それを信長の軍師として、執権の地位に天正三年に惟任日向守の名を賜ってから在任していたにも拘わらず、政府としては身分社会化を室町期からよりもっと推し進めていたが、個人としてはこのような善行をした武将は戦国期へは殆どいないと云って良い）
これが益々天子と上皇の感嘆をあげる事となった。

光秀は再び上洛して、参内した。出迎えの公卿数は夥しく光秀の政権は安定しているかに見えたが、この参内で光秀の命運を揺るがす大事件が起こった。
戦時故と断りを入れ具足姿で末席へ控えていた光秀に陽光院天皇は近衛前久を始め公卿達が止めるのも聞かずに御簾から出て来て、光秀へ太刀を手摑みで渡した。公卿達は大慌てである。古来皇帝が剣を授けるのは二つの意味がある。そなたを天下人として認めるという意味と朕の為に死ねという意味だ。陽光院天皇がこう云う、

「そなたが外に連れている莫大な軍勢でこの公卿達、藤原氏を滅亡させてもよい。或いは皇統を絶やしてもよい、籠城をしないでくれ。朕の願いは民の倖せなのじゃっ。京へ織田軍を入れないでくれいっ」

と訴える主上の瞳から泪が滴り落ちる。

「主上っっ………」

光秀は少し苦虫を噛み潰したような表情を一瞬見せたが、黙って返礼して外へ出た。

直ぐに重臣達と軍議が開かれたが、皆、籠城放棄へは難色を示した。坂本城に籠城すれば安土城、長浜城、佐和山城、大溝城、亀山城、周山城、八上城、福知山城等と、近江丹波の諸城へは武器も弾薬も兵糧も沢山在る。信長遺臣の諸将達の誘降の為に安土城の財宝はかなりの出費となったが全部を与えてはいないし、武器と兵糧は分け与えてはいない。何よりも戦いが長期化すれば琵琶湖の水源と丹波の福知山米を押さえている光秀の優位は揺るがず、また当時の天皇家と公卿達は福知山米しか食べなかったから、それをも武器となり得る事を見越してのものだった。光秀は秀吉とは山崎の油座で軍の再編成をする約定を取り付けていたが、光秀の予想では秀吉は裏切ると初めからみていた。光秀の鋭利な頭では愛宕百韻の前の坂本城での思索の日々へおいて、我々が今日知る史実のようになる最悪の筋書きをも見通

していたのである。だからこそ、悩んで悩んで悩み抜いて御神籤を何度も引いたのだ。当時の御神籤は文字通り、

「神意を問う」

であり神聖なものであった。その時の御神籤は最後に吉が出た以外、全て凶であった。

斎藤利三は重臣の中で最も強く坂本城への籠城を勧めたが光秀の意思は折衷案であった。

山崎の隘路で秀吉軍を迎え撃ち、もしも敗北した場合には坂本城へ籠城するという両面作戦を表明し、光秀は自信満々であった。それは織田軍最強部隊の明智軍の天下無双の鉄砲隊への自信であった。


細川藤孝の処置は光秀を裏切り御玉の方を幽閉して、藤孝は剃髪して幽斎と名乗り隠居してしまい、あくまでも舅殿へ味方すべしと強硬主張する忠興を抑えて、古来から、最も信用されない中立の立場を取ってしまった。この報を聞いて光秀は激昂したが暫くして平静を取り戻すと覚え書きをしたためて再び使者を送ったが、藤孝は使者を斬り殺そうとしたので使者は逃げ帰ってきた。やがて御玉の方からの手紙が届いて其所には、

「義父上の腹黒なる行いでわたくしは幽閉され明日をも知れぬ有様で御座います。云々」

とある書状を読む時も平常心は変わらなかった。その訳は本能寺の変を起こす前から予測

していた事だったからだ。

九日、光秀は洞ヶ峠へ本陣を置き戦争も辞さぬと弟の筒井順慶への脅迫の強硬手段へ出た。武闘派重臣の藤田伝五行政を順慶への使者へ遣わして説得させたが、明日には出兵するとの約束を持って帰ってきた藤田伝五行政は、

「殿、どうなさりますか」

「このまま待とう」

光秀は長い時間、洞ヶ峠の本陣を動かさなかったが夜には引き上げてしまった。

翌日、順慶の元から光秀の一子の光泰が光秀の所へ送り届けられた。信長の命にて子の無い順慶の養嗣子となっていた若武者だった。この光泰には子が一人いたが、この頃は坂本城の芳子の方に養育されていた。光秀は光泰を亀山城で養生し乍ら嫡男光慶の警護としている光忠の所へ送った。それと同時に、淀と鳥羽へ普請していた出城の破却を命じた。

光秀軍は山崎へと向かって行軍した。ここに負傷で不参加となった武闘派の光忠が参加していたら趨勢は明智軍へ有利となったと想われるが…………。

六月十二日、光秀軍は池田恒興を先頭として、天王山へ中川清秀、三番目が高山右近だった。光秀は近江の難攻不落の安土城へ明智軍最強部隊の光春、秀満隊を残したり近江の諸城へ兵を分散していた。この時に堺の町衆から、

「選りすぐりの鉄砲と火薬を進呈致しましょう」

と鉄砲と弾薬と火薬が送られていた。

光秀旗下へは織田信澄の従兄弟の津田信春が二千五百の兵で信孝と丹羽長秀への復讐に燃えていた。

光秀の戦上手をよく知っている秀吉は迷っていたが意を決した秀吉からの手紙が光秀の元へ届いた。

「合戦にて決着をつけよう」

との文であったが、光秀の返事は、

「望むところ」

であり、覇気は衰えてはいなかった。

この日天王山の中川清秀に合流しようと明智軍の将兵が天王山に登ろうとすると、山上の

清秀の陣から鉄砲が射かけられて小競り合いとなりそうになったが、将兵達は堪らず退却した。不穏な空気が立ち籠めたが雨の降る中で、翌運命の日を迎えた。

六月十三日、雨の激しい中で、並河掃部、溝尾庄兵衛、斎藤利三の雑賀衆に勝るとも劣らない天下無双の鉄砲隊に悲劇が起こった。何者かが堺から贈られてきた火薬を濡らして役に立たなくしてしまったのだ。しかし全体の兵力は明智軍二万六千。秀吉、信孝連合軍は二万強と互角の戦いが出来る態勢は整えていた。何よりも山崎の隘路を大軍が細く突進して来る所を叩いて行くと云うのは兵法の理へ叶う。本陣の御坊塚へ陣取る光秀の瞳は澄んでいた、鳶色の瞳のように。何よりも天下分け目の決戦に挑める興奮も心地良く平常心は変わらぬまま夕刻を迎えようとしていた。

この頃に大和郡山城の順慶は、

「やっぱり兄上を助けに行くのだぁっ～」

と城の門を開けたが、もう間に合わないからと家臣達に押し戻されてしまった。この順慶の優柔不断さは、後世に悪名を轟かせて悪太郎と揶揄された。順慶さえ河内へ真っ先に行軍していれば山崎の戦は起こらなかったであろうと云うのは軍事的定説であり、戦前の軍部では常識であった。

やがて雨で暗い中山崎大合戦の一刻半（約三時間）に及ぶ激闘の火蓋が切られた。

光秀側の鉄砲隊は火薬が濡らされていたせいで三分の二以下へなってしまっていたが、丹波衆、室町幕府衆、譜代衆と獅子奮迅の奮闘を一刻弱の間よく戦っていたが中川清秀は中立の立場を取り天王山から動かない。高山右近勢は終始積極的には出ない有様で池田恒興は合戦上の寝返りをした。それと呼応して高山右近勢も秀吉側へついてしまったのだ。合戦上の寝返りは太平記の時代から特に戦国期には親殺し子殺し孫殺しよりも罪悪とされていた。その寝返りを行ったのだ。これには特に室町幕府衆と丹波衆の国人達は激昂して猪突猛進、形勢の不利を挽回しようと挑んだ。しかし、兵力は摂津衆八千が寝返ってしまった以上、圧倒的に劣勢となってしまった。遂に光秀軍は後退を始めた所へ秀吉側の黒田官兵衛や羽柴秀長が追い打ちをかけてくる。明智軍は涙ぐましい程の獅子奮迅の奮闘を見せたが、徐々に押されて行き、遂に光秀は本陣を押し出して救援しようとしたが、家臣の諌めにあい後方の勝竜寺城へ籠城して五千の兵で形勢を立て直そうとした。

山崎の戦いの死者は明智軍三千。秀吉、信孝連合軍は三千五百を数えている。歴史にもしは禁句であるが堺衆達の謀略により、或る者達が裏切り火薬がわざと濡らされなかったらその帰趨は判らなかったであろう。

光秀は夜半になった時に光重と比田帯刀則家と溝尾庄兵衛と藤田伝五行政と光重の兄として育った進士貞連を始め三十数人の騎馬でこっそりと近江坂本城へ向かって脱出した。

近江へ向かう途中の道は信長と光秀の政策によって現在でいう国道と云うべく三間半（約六・三メートル強）の広い道を、猛速度で駈け抜いていった。雨の激しい中で、光秀の心は無心であった。運命を天へ預けたのである。それが出来た訳は信心であった。心の底からの神への願いを叶える為に今は死ぬ迄人事を尽くすのだ。そんな気持ちになっていた。人の最高の心の境地であった。

京の南の巨椋池の間道を走り、勧修寺で替え馬（馬が全力疾走ばかりだと持たない為に新しい馬へ乗り替える事）をした。その時に勧修寺の僧兵が護衛を申し出てきた。

「我等は筒井順慶殿の依頼で、もしもの場合の護衛を仰せつかった者です。どうか旗下へお抱え下さらぬか」

光秀は云った。

「おおっ、それは忝い。では宜しく頼む」

当時の僧兵達程、信用出来ない者は無い。光重は厭な予感がしたが光秀の決めていた事だろうと、馬を替え坂本城へと急ぐ事とした。

広い道を猛速度で走り抜ける光秀一行の隊列は縦に延び、また雨の夜の行軍は熾烈な視界だった。その護衛を買って出た僧兵の一人が光秀の右側面に付いた時に刹那の槍が光秀の右の肺を貫いた。

「ぐぉっっ」

咄嗟に光秀は剣で槍の柄を切り、そのまま前方へ速度を上げて逃げた。後ろに付いていて追い付いた光重は光秀の様子がおかしいのを見て取り馬を止めさせた。其所へ先程の僧兵達が襲ってきた。光重は比田帯刀則家と兄進士貞連達と共に白兵戦となって僧兵達を殲滅していった。僧兵達を皆殺しにした後で光秀の所へ寄り添う光重であったが、光秀の様子は重傷の体であった。

光秀が途切れ途切れに云う、

「光重、お前は比叡山へ逃げろ、手立てはしてあるから、暫くしたら諏訪へ落ち延びるがよい、三河（家康）殿が切り取っている筈じゃっ。こなたには寂しい想いを子供の頃からさせて済まなかったのぅ。愚かな父を赦して欲しいのじゃっ。儂の首を討ち顔の皮を剥げ、あと二つこの戦闘で討ち死にした者の首と顔の皮もだ。秀吉に疑心暗鬼を生じさせるのじゃっ。

さあっ、末期の別れぞっ。早くせいっ」

「父上っ………」

（子供の頃から離れ離れだったが、この人こそ、儂の父上なのじゃっ。やっと、お側にいられるようになったのに………）

光重は涙を呑んで父光秀の首を討ち小柄で皮を剥いだ。そして、光秀の首を溝尾庄兵衛へ託して亀山の谷性寺へ届けるように命じた。残り二つの首は一つを溝の中へ浸けて腐らせて、もう一つは御玉の方の所へ送った。やがて各々、落ち延びていった。

これが光秀の最期の真相である。光秀が本能寺の変を起こす前に記していた辞世はこうであった。

「順逆無二門　大道徹心源　五十五年夢　覚来帰一元」（本来物事の道筋は一つであり、逆順の無いものである。自分はその心源に達した想いがする。五十五年の夢から覚めて、自分は土へ帰るのだ）

神谷宗湛は秀吉に山崎の戦前に沢山の光秀の動向を報告していたが今は博多へ帰る船の上であった。想わぬ拾いものの遠浦帰帆の軸を小脇に抱え乍ら…………。

光春は光秀軍苦戦中の報に、安土城へは二千の兵を残し、秀満と共に三千の兵で光秀の救援へ十三日の深夜に西進した。

秀満は海路で光春は陸路を取ったが、打出の浜で堀秀政隊と出合い頭となり数刻（一刻は約二時間）戦ったが、長引いては不利と見て、浅瀬を選んで馬を琵琶湖へ入らせ、唐崎と三井寺下の間の岬へ乗り入れた。馬を其所の松へ繋ぎ、坂本城へ入り籠城の策を取ろうと想ったが、坂本城へ先に入っていた進士貞連から光秀最期の顛末を聴かされた。光春は想わず、

「南無三宝っっ」

と叫んで絶句した。

光忠は亀山城で養生し乍ら、熱病で苦しむ光慶の側に光泰と共に控えていたが、その亀山城へも光秀最期の報が来た。光慶は止める小姓達を押しのけて具足を付けた。そして落ち延びよと諫める光忠達へ云う、

「父上の最期の報は何れ織田方へも伝わろう。かくなる上は儂の子二人を小姓達が連れて落ち延びさせて貰いたい、儂は官軍の誇りを忘れずに織田方と一線を交え討ち死にする覚悟じゃっ」

光忠が云う、

「それはならぬぞ。病は曲直瀬道三殿の薬と祈祷のお蔭で癒え始めておるではないかっ。儂がゆるさぬぞっ。そなたは明智の嫡男ではないかっ」

光慶が応える、

「儂には兄上が二人もいるではないか………」

「兄上っ、その役割は其れがしが請負まする」

と光泰は光慶の具足を剥ぎ取り、身に付けた。

「兄上っ、光忠殿、落ち延びなされませっ。其れがしがその為の時間を稼いで見せまする。さあっ、早く。とかくの評定は無用で御座る」

光慶と光忠が声を揃えて云う、

「光泰っ………判った」

光慶は光忠とは別れ別れとなり、光慶は妻木忠頼達、家臣と落ち延び、光忠は美濃を目指し落ち延びて行った。


明智軍の将兵にとっての不幸は敗残の兵達が、光秀は京の近くに坂本城と亀山城、二つの城を持っていた為に、兵が分散して逃げて来た事だった。どちらか一カ所へ逃げるように出来なかったかと問うのは無理である。戦の前から敗残を想定する等は平和惚けした平成の、令和の世においてであり、戦国の世では生き延びる事柄が重視され、捲土重来を期すのが常識であったからだ。

光泰の所へは山崎の戦で殆ど全滅した室町幕府衆の諏訪飛騨守盛直と伊勢与三郎貞興の家臣達や丹波衆の国人達が僅かではあったが集まって来ていた。

光泰が云う、

「儂は兄上の身代りとして、十六日には突撃して果てる所存である。そなた達の中で落ち延びたい者は後の復讐の為に捲土重来を期してくれい。儂と行く者達は百にみたぬ者達で結構じゃっ」

「我等、全員お供つかまつりまする」

この時に暇を出されていた者の中に、甲賀衆の中忍（甲賀は上忍というものは無い）の頭領の某という忍者がいた。後に秀吉の天下の際に復讐を企て、一族郎党釜茹での刑に処される運命が待っていたが、それはこの時の光泰の死に様を見たからと云える。架空の人物としての石川五右衛門の逸話は此処から出来た。それは後世の事として。

十五日、山崎の戦で合戦上の寝返りをした中川隊と高山隊が城の財宝目当てに亀山城を幾重にも包囲した。光泰は僅かな家臣達と共に末期の酒宴を行い、翌十六日の朝、出撃した。自ら先頭に立ち、

「我は征夷大将軍、惟任日向守光秀が嫡男光慶なるぞっっっ」

敵軍から矢が射かけられ、光泰は奮戦したが多勢に無勢で、それでも突撃を繰り返して、満身に矢を浴びて死んで逝った。光泰と共に出撃した百人にみたぬ家臣も悉く討ち死にし、亀山の民の中でも心有る人達はこの死に様を伝え聞き泪した。十六日深夜、亀山城落城す。


坂本城は十四日から軍議が開かれたが、光秀の後妻の芳子の方が白い頭巾をかぶり墨染めの衣をまとい尼姿となって云う、

「光春殿、秀満殿、よう帰ってきてくれた。御玉の婿の細川忠興も筒井順慶も御味方へは加わらなかった上に合戦上の寝返りを以ってしては如何に戦上手の殿と雖も御武運が無かったと云う事でありましょう。光春殿達は死ぬと判って戻ってくれたのじゃ。殿も草葉の陰で喜んでおられましょう」

「殿は自らの病を鑑みて、後の世の万民の為にならぬ天下人信忠の命を取る事が目的だったので御座います。信忠を殺す以上は上様を討たねばならぬ。殿は初めから死ぬ覚悟であった

のです。世の過去に家臣が主君を討った例は枚挙にいとまがありませぬ。孟子の思想に、上に立つ者へ暴虐非道の行い甚だしい時は家臣と雖もそれを討ち取って代わるとありまする。それを秀吉は、反逆の二字で片付けるつもりでおるのです」

「殿に御運が無く、秀吉にあったという事で御座いましょう」

「しかるに秀吉は、殿一人が逆臣であるかのように云い立てるのは奴めの性格から明らかで御座る。命を助けてやった恩人に対してで御座るぞ」

「それも三百年、四百年と歳月を重ねれば、正しく判断されましょう」

「これはお気の長い事を………」

「このうえは、潔く、城と共に相果て、殿や姉上（牧の方）の待つ所へ参りましょう。皆の者を大広間へ集めてくだされ」

「承知致しました」

光春は家臣達を大広間に集めた。芳子の方が云う、

「この様になり果てたるからには、とかくの評定は無用と存じます。郎党どもは何処へなりと落としつかわし、城に火をかけ、我等は自害いたせば、末代迄も明智家の恥辱とはなるまいと存じます。長詮議に時刻を移し、敵に押し寄られるは、未練の覚悟の様にとられ、家来どもも落ち難くなります故、早々に御沙汰あれ」

「女性(にょしょう)の身で、このような金言は数あるものではござりませぬ」

光春と秀満は泪を抑えて、郎党家臣達に解傭の墨付を手渡して、兵糧と金銀を入れた袋を配り、城と運命を共にしたいと云うのを半ば強引に落ち延びさせた。この時に牧の方の末子、乙寿丸八歳や後室との末子、宇治麻呂等々は家臣達に護られて落ち延びている。

十五日、光春は残していた小姓の一人に二ノ谷の兜と雲龍の陣羽織に金銀を添えて、お前は城に帰らずともよい永代供養を依頼してまいれと近くの菩提所の西教寺へ持たせてやった。

堀秀政軍が坂本城を包囲していた。光春はそれを知ると宝庫を開かせ、光秀秘蔵の不動国行、二字国俊の名刀、薬研藤四郎の脇差、挙堂の墨蹟、天目その他を、悉く書き入れた目録を添えて、最後迄残っていた小姓に渡し、

「これらの宝器はたとえ明智が滅び羽柴の世となろうとも、天下の重宝として尊重愛玩すべき美術品故、この城と運命を共にするに忍び難き故、一切お引き渡しすると伝えろ。伝えたら、この城へ戻ってこずともよい。その代わり、これが儂の辞世じゃっ。大切にして持っておってくれい」

と云って堀秀政の陣営に軍使として送り出した。この時に堀秀政は、

「光秀秘蔵の郷義弘の脇差が無いが」

と軍使を返して来た。光春は、

「郷義弘の脇差は殿と逢った時の冥途の土産に儂の手元へ置いておく。何よりも秀政殿の前の右府（右大臣。此処では信長の事）と殿の大恩を金銀に眼が眩んで裏切る輩へ等渡せぬわっ」

と、残っていた金銀は全て琵琶湖の奥深くへ沈めてしまった。

光春の辞世は、

「甲斐無しと何惜しみけん武士はただ末の世の名を惜しむ身は」（戦の勝敗は時の運であり、自分は滅んでゆく事を憂いているのではない。ただ末代迄も明智の名が貶められ、汚辱に塗れる事を嘆いているのである）

光春と秀満と僅かに残った家臣達の最期の奮闘は一両日続いたが、翌十六日に芳子の方を刺し殺し、火薬を天守へばらまき、木っ端微塵に爆発して果てた。光春四十八歳。秀満三十四歳であった。

周山城、八上城でそれぞれ十六日深夜に光春の妻の御岸の方と光忠の後室（光秀の次女御敬の方病死後に後妻となっていた）御里の方は自害し、落城した。日をおって光春の義父三宅某も丹波横山で捕えられ七月二日に粟田口で磔にされた。斎藤利三は近江堅田に潜伏していた所を捕えられ六月十八日に市中引き回しの上六条河原で斬首され、泥の中に漬かっていた光秀の偽首と共に縫い合わされ磔にされた。

しかし、かなりの郎党や家臣達は胸に復讐を誓い、捲土重来を期していた。その筆頭は光重である。何よりも最後迄側にいた光重は本能寺と山崎の戦の謀略の全てをさらに後の世も知り続ける事となったからだ。その光重は比叡山延暦寺へ逃れ剃髪して再び随風と名乗りしばらくを過ごした後で諏訪へ落ち延びて行った。

美濃の山岸家では光舎が父の死を聞き殉死しようとしたが、曾祖父（輝舎の養嗣子の為に血は祖父だが系譜上は曾祖父となる）信周が止めた。

「ならぬ、耐え難きを耐えるのじゃっ、そして捲土重来を期し父の仇を討つのが武士たる者の勤めぞっ」

光舎は正眼寺へ蟄居して剃髪して玄琳と名乗った。勿論、織田の追っ手から逃れる為でもある。この後で光舎は名を揖斐作之進や明智作十郎等々、度々追っ手から逃れる為に名を使い分けた。この光舎の正室が盛姫と云うが、この姫は光秀の養女で父は土岐要人助頼盛で古今無双の猛女であり、元々の主家土岐家が織田領へ併呑されて落魄したのを哀れんだ光秀は幼い盛姫を養女として養育していた。文武に優れて砲術や槍術は家中の若者達も敵わぬ程の実力者であった。仇討ちへは乱を嫌う性格の光舎が消極的なのに対して、盛姫は心の奥深く秀吉への復讐を誓い乍ら、時機を窺っていた。

秀吉、信孝は光秀敗走の報に戸惑った朝廷から光秀以後の天下人として信孝へ太刀を賜った。この辺りは天皇の義兄、勧修寺晴豊の策謀によるものが大きい。しかし朝廷はいつも次々と変わる天下人に保護されなければその命脈を維持出来ぬとあれば、浅ましくも非難は仕切れない。

秀吉は近江へと兵を進めていた。家康はといえば三河へ到着するや甲斐、信濃へ兵を進めて甲斐を治めていた河尻秀隆が民心のなつきが悪く一揆勢に殺されたのを見て、光秀との約束通りに甲斐へ侵攻して、信濃へ侵攻した上杉景勝と信濃を半分ずつ領土とした所で軍をとって返して美濃へ行き、様子を見ながらだが、光秀軍と合流して柴田軍と決戦すべく鳴海へ行軍した所で光秀を討ち取ったという秀吉の書状を受け取り、はがゆんだが詮無く三河へ帰って行った。

柴田勝家は上杉景勝と対峙していたが一揆勢の蜂起に悩まされていた。（これが勝家が大返し出来なかった最大の理由である）それでも軍をとって返して山崎の戦の後で近江の入り口の越前との境へと入った所で同じく秀吉からの書状を受け取った。

関東の滝川一益は後北条氏政と対峙していたが、本能寺の変を知った後北条軍と決戦となり、大敗して命からがら伊勢長島の所領に戻るのが手一杯であった。

秀吉は近江の諸城を徐々に落としていったが、安土城は何者かによって火が掛けられて、その火を見て、

「しまったっ。お城が火事ぞっ」

と近江日野近くに陣を構えていた信長の次男信雄は駆け付けて行った。しかし信雄も間に合わずに、信長と光秀が心血を注いだ天下の名城安土城は灰燼に帰した。信長と光秀の城が、粗（ほぼ）、同時に燃えてしまったのは運命の非情さと栄枯盛衰の理を表す象徴的な出来事と云えた。

秀吉は近江へと逃れていた阿閉淡路守貞秀、貞義親子が降伏したのにも拘わらず直ぐに口封じであるかのように殺してしまったのだ。この阿閉親子の手の者こそ光秀の乾坤一擲の勝

負である山崎大合戦で火薬を濡らしていたのだ。秀吉と堺衆からの調略によって…………。

秀吉は近江から美濃へ入った時に後ろめたさから光秀ゆかりの寺や神社を徹底的に破壊した。それは苛烈を極めて、光秀の前半生が判らないのは、この事柄が原因である。これを後に聞いた遺臣達は激昂して憤怒したが、それが零落の身の上でも捲土重来を期すやる気となったのも、また事実である。

細川忠興は側近衆と、山崎の戦の跡地をくまなく見て回り、その旗指物の跡や死体の位置や動座と陣跡を視て、

「父上も余も、舅殿の事を臆病者と云ったのは、どうやら、儂ら二人の過ちであったかな…………」

と、呟き、信孝の元へと急遽に駒を走らせていった。

六月二十七日、尾張清洲城で信長、信忠、光秀の遺領配分と織田家家督を決める会議が行われた。世に云う清洲会議である。集まった宿老は四人。柴田勝家、丹羽長秀、羽柴秀吉、惟任退治に合戦上の寝返りを真っ先に行った池田恒興が抜擢された。秀吉は光秀の遺領丹波

を獲り、長浜は勝家に譲った。尾張を二男信雄、美濃を三男信孝が獲り、三法師は安土城が修復される迄信孝が岐阜城で預かる事となり、家督は柴田勝家は信孝を推したが、秀吉の計略と丹羽長秀の賛意により、三法師が織田家の家督を継ぎ、信雄と信孝が同格の後見人となった。丹羽長秀は近江坂本城を獲った。そして四人の宿老が誓紙を取り交わして合議制で政務を司る事柄が確認された。直ぐ後に柴田勝家は信長の妹で未亡人の御市の方を後室として迎えた。秀吉も側室へ所望したが、一説によると浅井家滅亡の際に秀吉が嫡子万福丸を串ざきの刑という残酷な刑で殺したのを御市の方が恨んでいた為に秀吉を拒絶したのだ。これにより勝家は織田家一族衆となったのだ。秀吉は内心忸怩たる思いだった。

勝家達は所領へと帰って行ったが、丹波を獲った秀吉は夜久一族衆を皆殺しにしている。それは苛烈を極めて僅かに生き残った者達は各地へ落ち延びて行った。この後の天下分け目の関ヶ原の戦での諜報戦に夜久一族の生き残りが果たした役割は大きい。

信長存命中から信雄と信孝は仲が悪く、此処に三法師を擁する信孝、勝家側と秀吉、信雄側へ織田家の内訌が露見してゆく事となる。

この頃に、亀山の民達が、

「明智の殿様が悪いのではない」

と梅雨もまだ明けやらぬかどうかの時季に碌な装備も無く着の身着のまま、当時の路で約二百五十キロの道程を福知山迄、今日で云うデモ行進をしたという記録がある。しかも当時の丹波の領主は羽柴秀勝（信長の四男）であり、後見人として実権を握っていたのは秀吉であった。しかし、誰一人処罰された者達はおらずに明智の旧領民達は光秀の善政の恩恵を江戸期の最後迄受ける事となった。これが現在の大本教の起こりである。


十一月初め、伊勢の関盛信の所から秀吉の所へ夜間に書状が届けられた。秀吉は眼をこすり乍ら、関からの書状と聞くと飛び起きて、

「もしや…………」

と使者の言説へ耳を傾けた。それは勝家達の策謀を密告するものだった。秀吉は、

「しめたっ」

と悦び戦の準備を始めた。

十二月七日、秀吉は四万余の軍勢で近江へと行軍した。この頃、秀吉は筒井順慶、細川幽斎、丹羽長秀、池田恒興らと会談していて綿密な下準備が整えられていたのである。そして

近江へ入った秀吉は安土城、勢多城等に守備の兵を増強して堀秀政の佐和山城へ入った。その後で勝家の養子の柴田勝豊の護る長浜城を攻めた。勝豊は越前からの援兵を期待したが例年より雪が多くて兵を動かす事が勝家は出来ない。勝豊は降参した。秀吉は人質は取ったが降服後も勝豊を長浜城へ置き護らせた。勝家は近江の拠点を失い養子勝豊を秀吉に抱きかかえられてしまったのだ。

十二月十六日、秀吉は氏家直通の居城の美濃大垣城へ入り、美濃国人衆へ圧力をかけた。清水城主稲葉一鉄、氏家親子が人質を出したのを皮切りに西美濃衆は次々と人質を出した。次いで秀吉は岐阜城を囲んで攻めた。信孝は三法師を渡し、母と娘を人質に出して秀吉と和した。秀吉は囲みを解いて京へ二十八日、帰陣した。

天正（一五八三）十一年二月三日、秀吉は北伊勢の滝川一益討伐の兵を動かした。二月二十八日、勝家軍は先鋒に前田利長（利家の子）、次いで三月三日には甥の加賀尾山城城主の佐久間盛政が北之庄を発ち、前田利家らが続いた。勝家も居城北之庄を出て十二日に近江へと入り、世に云う賤ヶ岳の戦が始まろうとしていた。

四月五日、早朝に勝家は秀吉方を総攻撃した。六日、勝家は毛利輝元へ密使を送った。毛利が西から秀吉を攻め、東から信孝、一益が攻める。両面からの敵を支える秀吉勢に中央から勝家側が当たる。これが勝家の勝利の構図であり、皮肉なもので光秀が構想していたものと同じ戦術であったのだ。山崎の戦と賤ヶ岳の戦は織田家存続のままであったならば、光秀が軍師として立てた毛利攻め、上杉攻めの計略の形を変えた顕れであった。

四月十六日、信孝が反秀吉の挙兵をした。秀吉は大雨の為、合渡川を渡れずに美濃の大垣城に釘付けとなり動けなかった。この賤ヶ岳の戦において山崎の戦で最も信用されない中立の立場で天王山へ陣取った中川清秀親子は二千の兵を以って参陣したが秀吉に死地へ送られて、

「我等親子へ筑前（秀吉）は死ねと申すか、かくなる上は見事散ってみせようぞっ」

と怒髪天を突く怒りを爆発させて大岩山へ陣取ったが佐久間盛政の猛攻を受け、二千の兵と共に殲滅され中川親子は討死にした。天罰覿面で或る。

秀吉は大垣城で大岩山の戦は終わり中川親子が討死にした報を受けるや、現在の午後四時前に打って出て、木之本迄、十三里（約四十二キロ）を二刻半（約五時間）で走破して見せ

た。俗に云う美濃大返しである。しかし時が経てば経つ程、秀吉へは戦況が不利となるのは明らかであった。勝家が要害に籠もって動かなければ毛利からの援軍が来たら秀吉軍は壊滅してしまう。現実に四月二十日、毛利輝元は吉川元春、小早川隆景らと参陣の軍議を開いている。後の世では佐久間盛政の愚かさを秀吉が書かせた書物により特筆される事が多いが盛政の戦術は正しい。しかし本当にそんな云われているような事柄があったのかは後世の研究が待たれる所である。現地調査や調べの感から筆者はそう想う。話を元へ戻そう。

この賤ヶ岳の大合戦において、前田利家が突然戦線離脱して撤退をしてしまい、不破勝光、金森長近も総崩れした。裏崩れ、つまり後方部隊が崩れた。盛政隊は動揺し総崩れとなっていった。盛政隊は繰引き（戦闘隊形で退却する事）したが秀吉軍の急追を受けて阿鼻叫喚の敵味方の死体の山が築かれた。

勝家は動くに動けない。遂に決戦をしようとしたが家臣に押しとどめられて北之庄へ退却を始めた。毛利は吉川元春は反秀吉であったが、弟の親秀吉の小早川隆景に押し切られ、秀吉からの大言壮語の戦勝報告に対して使者へ馬や太刀を贈っている。

二十一日、勝家は越前府中城を通過した時に利家へ使者を送り年来の好意を謝し事こう

なった以上は、

「そなたは想うままに致すがよい」

とだけ伝えて北ノ庄城へ入った。本能寺の変後、御市の方に三人の娘共々城から出よと勧めた。御市の方は泪して、

「冥府迄、御供致します。共に自害して来世の蓮花台上に乗るのこそ願うところ」

と訴えた。勝家は三人の娘達を城から出した。

二十四日勝家は切腹して天守を囲む寄せ手に、

「修理亮（勝家）の腹の切り様を見て、後学とせよっ」

と大声で叫んで介錯を得て身罷った。天守には火薬が仕掛けられていた。北ノ庄城は坂本城と同じく爆発して燃え果てた。

秀吉は信孝の挙兵を聞いた時に主君信長の側室の信孝の母と娘を磔にした。それを見た丹羽長秀は、

「儂が秀吉へ味方したのは織田家を立て直せるのは秀吉と踏んだからじゃっ。それも皆己の野望の為であったかっっ」

と憤怒したがそれが遠因して宿痾の病が重くなってしまった。

信雄は美濃へ入り岐阜城へ迫った。信孝の兵は戦意喪失して逃亡者が相次ぎ僅かの近臣が残るだけであり、防ぐ術も無い。信孝は降服した。信雄の命ずるままに尾張知多郡の内海へ移る。そして大御堂寺で信雄の命で切腹した。信孝は、

「昔より主をば内海の野間ならば恨みをみよや羽柴筑前」

との辞世を残して二十六歳の生涯を閉じた。その昔、平治の乱ののち、野間の長田忠致の元に敗北の身を寄せた源義朝が忠致の為に浴室で暗殺された、主殺しの故事にちなんで秀吉を非難したのである。（近年、これを一部の心無い史家や作家が女々しいと云う書籍があるが、それは悪書であり、取るに足らぬ、相手にせざる者達と云えよう。無念の死が目の前に迫っている時に故事をふまえた辞世を、その史家や作家は書けるのか咄嗟に。それを胸に手を当てて勘案すれば、そのような心無き文を書けないと想うものである。恥の文化を忘れた昭和世代の愚かしさと云えよう。余談であるが、恥の文化は現代の四十代前後から以下へ復活している。筆者はそれらに希望の星を見る者である）

佐久間盛政は逃れて潜んでいる所を捕えられて京を引き廻しの上、五月十二日、山城槙島で斬られた。勝家の子、権六と共に六条河原へ晒された。摂津高槻城城主高山右近重友と勢多城城主山岡景隆が勝家へ通じていたと城を攻められ降服した。滝川一益が降ったのは七月

に入ってからであった。一益は捨て扶持を充てがわれ隠居した。

司馬遼太郎氏はこの頃の秀吉を以ってして稀代の悪党と書いているがもっと批難されてもよいと想われる事をその後も秀吉は続けた。

羽柴秀吉は勝ちさえすれば何をやっても良いのだと云う武士であったのだ。信長でなければ足軽頭へもなれない身分であり、主君を弑する密謀へ参画した上、命の恩人の光秀を陥れ、主君の側室を殺し、息子を殺し、娘や姪を側室へする等は当時の常識では赦されざる事なのだ。事実太閤の天下の治政の落首には秀吉をこき下ろす落首が多数残っている。その度に虐殺をして来たが、それは後の事として。

天正（一五八四）十二年三月から小牧長久手の信雄、家康連合軍と秀吉との戦があったが、池田恒興、元助親子は初め信雄、家康側へ属していたが秀吉側へ山崎大合戦と同じく寝返った。戦国時代における最悪の罪悪を二度も行ったのである。接戦の膠着状態のような戦いが続いたが、長久手で池田親子は護衛の側近衆が敵前逃亡してしまい、天罰覿面の哀れな死をとげた。親子共々、

「おいっ、儂等は此処だっ、何処へ行くのだっ」

と叫んだが後の祭りで、信雄、家康側の武将にあっさりと首を獲られた。

寝返りを二度も行う池田親子は秀吉側にも家康側にも信用されなかったのである。一説には、この二人の死は謀略であるとも云う。


この戦は戦闘は家康側の勝ちであったが、秀吉は政治力を使い、信雄と講和してしまったのだ。大義名分を無くした家康は三河へ帰国して行った。

時は流れて、天正（一五八六）十四年、陽光院天皇は廷臣と図り半ば強引に光秀へ正三位の追位をした。これが秀吉の怒りをかった。

秀吉は近衛前久を脅迫して猶子となり、藤原秀吉となり天正（一五八五）十三年七月十一日に関白となっていたが、最早、怖い物等無いと云う呈で陽光院天皇の弑逆を企てた。陽光院天皇は、秀吉からの菓子の贈り物に毒が盛られているのを廷臣が見抜き報告を受け、秀吉の意のそれを強く感じた天皇は、

「藤吉郎の養子へとの脅迫を足利義昭は先祖の社稷を汚さんやと突っぱねたが、朕に死ねと云うのならば、禿げ鼠へ見せてくれるわっ。唯、惟任に済まぬ事をしたと云う侘びの想いすら関白は駄目と云うかっっ」

怒りを大爆発させて脇差を腹へ突き立てた。傷は深手であった。最高の治療が直ぐになさ

れたが手当の甲斐無く、七月二十四日崩御した。

秀吉にとって、いや豊臣政権へとってと云ってもよいが、陽光院天皇の五宮が信長の猶子（財産相続権の無い養子）であると云う事実は都合の悪い事柄であった。つまり織田家が天皇の外戚であると云う事実を有名無実化する必要があったのだ。其所で、織田政権が続いていたら即位は出来なかったであろう一宮（後陽成天皇）を即位させる事とした。織田政権では即位出来なかった可能性が高いのだから、即位させてくれた秀吉へは悪くはしないであろう。皇位争いと云うのは現代人が想うよりも根深く激しいものなのである。古代には血で血を洗う藤原氏以上の殺しあいをして来たのだから。

しかし、これは朝議で揉めに揉めた。結局、秀吉の意を汲んだ正親町上皇の無言の意思に因り、徹底的に秀吉の官位の遡っての改竄や皇位へ陽光院天皇は就いて無かった事とされた。故に想いの外難しく時が掛かった。公卿達は厭だけれども、上皇の無言の意思へより、厭厭乍らも、織田家の時代迄遡り、秀吉の官位等々、記録の改竄を徹底的に行った。

天正十四年十一月七日、正親町天皇から一宮への祖父から孫への践祚と云う前例は一度しか無い体裁にて一宮、後陽成天皇は即位した。

秀吉は朝廷から豊臣の姓を賜り、十二月二十五日には太政大臣に任じられた。

この天正十四年に神谷宗湛は三度目の上洛をして、大徳寺の古渓宗陳和尚の得度を受けて、堺の会合衆の津田宗及一族の手引きで数々の茶会へ出席し茶道修行へ精を出していた。

宗湛は、翌天正（一五八七）十五年大坂城へ招かれて秀吉に逢う。そして並み居る諸大名や堺衆達の中で破格の扱いを秀吉から受けた。

秀吉が云う、

「筑紫の坊主はどれぞっ」

恐る恐る進み出ると、

「他の者どもはよけて、筑紫の坊主ひとりに能く見せよっ」

と茶器や道具飾りを見せられる。それだけでも破格の扱いだが、秀吉はさらに、

「筑紫の坊主に飯を食わせよっ」

と命じて、宗湛は石田三成の給仕を受けて大名達と同列の食事を受けた。そればかりか食

後には、

「多人数故、一服の茶を三人ずつにて飲め。筑紫の坊主へは四十石の茶を、一服とっくりと飲ませろやっ」

宗湛は千利休の点前で一人だけ一服の茶を供せられた。この傍若無人と云ってよい特別待遇にも大名達は黙っていた。しかし、俯き乍ら燃える様な瞳で怒りの炎を瞳へ現していたのは細川忠興、唯一人だけであった………。


天正（一五八八）十六年に秀吉の政庁兼邸宅である前年に出来ていた聚楽第より、秀吉が祇園会の時に京へ来訪するのを知った盛姫は密かに単身京へ潜んでいた。盛姫は、狂人のふりをして都を彷徨い護衛の隙を見て秀吉へ懐刀を見せもせずに襲いかかったが如何に腕の立つ盛姫と雖も多数の護衛の衆に取り押さえられてしまった。秀吉は見ると確かに狂人の姿はしているが、眉目秀麗だし取り乱してもいない。秀吉は例の好色癖にて、一刀のもとに斬り捨てるのも惜しいと、篤と身元を調べさせたが、光秀の養女との事でその罪を許して黄金二百枚を持たせて郷里へ返してやった。訝しがる側近へ秀吉が云う、

「儂が斬り捨てたら女を斬ったと批難も起きようが、黄金を持たせて返せば聞きつけた盗賊達に討たれよう、手を汚さずとて仇は無くなるというものじゃ」

然れども盛姫は案の定襲ってきた盗賊どもを返り討ちにしてしまった。それを聞きつけた秀吉は捨て置く事も出来ずに追っ手を差し向けたが盛姫は四国へ亡命してしまった。縁戚の長宗我部元親の所でまたも秀吉を討つ算段をしていた盛姫を元親が時世が変わったのだと止め、虚しく郷里の美濃へ帰って光秀達の菩提を弔う日々を暫く続ける事としたのだ。然れど秀吉への復讐心は消える事はなかった。（参考引用文献。光秀行状記　明智滝郎　中部経済新聞社刊行）

秀吉は文禄の役を起こし、肥前名護屋城へ赴く途中に神谷宗湛の屋敷へ駒を止めた。古来から天下人、それも公家の位を極めた者が一商人の屋敷へ駒を止める等は前代未聞の事柄である。秀吉は宗湛の両手を握りしめて本能寺の時の秘めた感謝の辞を行った。宗湛は秀吉の時代には大商人と云ってよい隆盛を極めたが後の徳川の世では黒田家の御用商人とまで零落して官兵衛の亡き後の長政の代となると全くのけんもほろろの扱いを受ける事となる。これは長政と細川忠興が馬が合ったのも大きい。それも光重達の復讐に因ってであったが。

慶長の役の途中で秀吉は亡くなる。秀吉の死により、朝鮮から将兵達は帰還したが、関八州に移されていた家康の元には天海（光重）の姿があった。当時家康の領土であった諏訪か

ら武蔵の無量寺北院（喜多院）へ移り住んでいたのだ。ある日、家康の所へ招かれていた天海が人払いを確認した上で云う、

「秀吉は朝鮮に従軍した小大名達の奥方を閨へ連れ込み乱暴に及んでおり、これは恨まれる事となりましょう。秀吉の死により、三河（家康）殿は天下を窺う大合戦の準備を始めなければなりませぬ。拙僧が亡命中に諸国の動静を集めております。より一層の御精進を覚悟なされませ」

「どの様にすればよいかのぅ？」

天海が応える。

「豊臣家へ金銀を使わせるのです。継続的な各地の神社仏閣の再建を奏上なされませ。尚且つ、殿は豊臣家が禁じている諸大名との縁組みをなされませ。組んでしまえば後からの云い訳は幾らでもなり申す。これは豊臣家への挑発ともなり、先ずは人望の無い石田三成殿へ反感を持っている武将達を懐柔する事です。拙僧の一族衆と遺臣達は各地へ散らばっておりまするが、これらとの連携は拙僧が請け負いまする。先ずは二年弱程で大合戦の下準備を終えなされ」

「主戦場はどの辺りがよいのじゃっ？」

「壬申の乱と同じく関ヶ原の不破の関が宜しかろう、拙僧の一族の地の利もありますれば」

「おおっ、そなたを得るのが儂は遅すぎたと見える。御父上と同じく剃刀のように切れる才覚じゃっ」

「三河（家康）殿、我々は復讐心だけでこの戦を仕掛けているのではありませぬ。豊臣家がある以上、天下は平定されませぬ。民の安寧こそ、亡き陽光院天皇へ殉じた父の悲願。甥の秀次殿を自害させた上にその家族を虐殺したり、如何に落首が不興を買ったとはいえ罪無き民を刑に処する事度々であった秀吉の死はまたと無い好機で御座るぞ」

家康と天海の密謀は三刻（約六時間）にものぼった。家康と天海との密談の後に必ず家康の政治的な策謀が行われていた。信長と光秀の関係と同じくである。天海は宗教者として人臣位を極めたが天海文庫の記録等々を見ると、武将のそれも万の数の総大将でなければ発言出来ない逸話がとても多い。後世の研究が待たれる所であろう。

光慶は天正（一五八三）十一年六月十三日にもう熱病は治っていたが、若さ故か父光秀の後を追い殉死してしまっていた。側近衆が僅かの間、目を離した隙に切腹してしまったのである。それは奇しくも父、光秀の命日の一年後であり、京都の丹波に慈眼寺と云う寺があり、その寺に光秀の位牌として祀られている位牌は、実は光慶の死を哀れんだ当時の御住職達の弔慰であった。

それ故に明智軍遺臣達を纏めるには是非とも玄琳（光舎）の力が必要と感じた天海は、貝塚の鳥羽へある大日庵と云う庵寺へ向かった。この寺の開基は玄琳であり、玄琳は此処で相変わらず乱を嫌い安世の逸を楽しんでいた。

「兄上、お久しぶりで御座います。其れがしへの御用向きは何で御座いましょうか」

天海はおもむろに云った。

「そなたの力が必要なのじゃっ。三河（家康）殿は近々豊家との合戦の下準備を始める。就いては、そなたへ還俗して合力を願いたいのじゃ。父上の仇討ちであるぞっ」

玄琳が云う、

「兄上、其れがしはもう世俗を捨てもうした。乱は嫌いで御座います。如何に父上の仇と雖もその秀吉は死に、秀頼は秀吉の胤では無いと秀吉自身が申している由、今更、我等が出て行く事はありますまい」

「ならぬ、ならぬぞ。儂の見立てでは二年後には山崎の戦と同じくの大合戦が起きよう、もう賽は投げられたのじゃ。光慶亡き今には、そなたしか適任者はおらぬ。それにそなたはあの時、殉死しようとした程じゃ。想う所があろうが一族衆は元より遺臣達の子供達を纏められるのはそなたしかおらぬのじゃぞ。秀頼はまだ幼児だが、将来、必ず三河（家康）殿を滅する手立てへ出る。その時には三河（家康）殿はおらぬかも知れぬ。今しか無いのじゃっ」

「兄上に何と云われようとも、其れがしは父上の志と同じ本能寺と山崎の戦での戦死者を敵味方の区別無く、その菩提を弔う日々を送りたいのです」

このまま話してもらちがあかぬと見て取った天海は、一旦話を打ち切りこの次に来た時は逗留する事を玄琳へ告げ、家康の元へ帰って行った。

（想ったよりも時がいるかも知れぬ。しかし乍ら、勝機を捉えるにはもう時間が無い。父上の手立ては見事であったが、惜しむらくは時がたおやかでなかった事じゃ。今回はあの時のようには行かせぬぞ…………）

天海は北院へ帰ると各地の一族衆と遺臣達と諸将達へ家康からの文として文を大量に書き連ねた。


再び家康との密談の席で天海は云った。

「吉川広家殿や脇坂安治達を始め、三成殿と上手く行っていない諸将達はかなり多くおりまするが、何といっても大兵を率いる小早川秀秋殿（木下家からの養子で秀吉の義理の甥。木下家は元々は旧くからの明智家の同族である）を寝返らせる事柄が肝要で御座います。太閤から勘気を被った時には三河（家康）殿が庇った由、大恩を感じている御様子ですな。家老の稲葉正成が拙僧の一族の斎藤利三との旧縁が御座ります、積極的な謀略を仕掛けましょう。それと我が一族衆と遺臣達の子供達は幼い者達も多く、三河（家康）殿の兵と鉄砲をお貸し下され、三成殿の軍へ当たる先頭は細川忠興、筒井定次、黒田長政、加藤嘉明、田中吉政辺りが適当で御座りましょう。本能寺の時には一番罪深い行いをした細川と筒井へは気を赦してはいけませぬぞ」

「おおっ、そうか。山崎の戦では儂も間に合わぬで申し訳無い事をしたのぅ、今度は儂もあの頃よりも力を蓄えたのじゃっ、何よりも倅（信康）が生きておったならば、老体へ鞭打つ事もないのじゃが………」

家康の涙腺がゆるむのを見て取った天海が云う、

「三河（家康）殿、それは我々も同じで御座いました。この話が終わった後で再び鳥羽へ参り、弟を説得致します。今度は長逗留になる故に、今から少々の時を拙僧に下さりませ。何かありし時には文にて連絡を取り申す」

「判った。そんなに光舎殿は頑ななのか？」

「乱を嫌う性質故に父にも少々見捨てられていた感がありまするが、戦の腕は拙僧よりはたち申す、謀略は拙僧が、戦は光舎が担当する手筈を整えます故に今暫くの御猶予を下さいませ」

「うむ、不破の関は霧も多く、土地勘のある西美濃の光舎殿の合力は欲しかったのじゃっ。

宜しく頼むぞ」

「お任せあれ」

そう云うと二刻（約四時間）もの長い密談の席から、鳥羽へ向かう天海の姿があった。


この天海が鳥羽へいる時の心無い俗謡が残っている。

「鳥羽へやるまい女の命　妻が髪売る十兵衛尉が住やる　三日天下の侘び住まい」

光秀は、このような心無き民達の命をも救おうとしたのは歴史の皮肉である。


玄琳を説得するのに天海は古典から、かなりの逸話や挿話を繰り返していた。長い時が掛かったが玄琳も最後には折れて、還俗して合力する事を誓った。

「では、やってくれるのだな」

「兄上の御足労を無下にする度に胸が痛み申した。これも天命で御座りましょう。何よりも豊家は父上の仇で御座います。何よりも兄上だけでなく、妻の盛姫からも常々文を貰っていたので御座いまする。盛姫は未だに復讐心を燃やしているようで御座います」

「うむ。盛姫は古今無双の猛女であるしのぅ。秀吉を討たんと単身で京へ乗り込んだ時には、よく命があったものじゃと想うたわ。そなたは準備が出来次第に美濃へ帰れ」

「判り申した。兄上と手を携えて豊家へ見せ付けてくれようぞっ」

「その意気じゃっ。父上も草葉の陰で喜んでおろうぞ」

天海は玄琳を連れて大日庵を出て行った。


時は流れ、運命の慶長（一六〇〇）五年に天下分け目の関ヶ原の戦が始まった。会津の上杉討伐の兵を率いる家康は伏見を発ち江戸へと向かった。この会津征伐の途中に三成の挙兵の報が入り、宇都宮の押さえに結城秀康を残して家康は秀忠と共に西進したが、この秀康の陣代として山名義和と共に光秀の子とも孫ともいわれる光貞がいて上方勢と戦い最大の武功をあげたが重傷を負い奉公が出来なくなり、刀剣鍛冶を好んだ。出家して正西法師と名乗って万治二年に八十四歳で亡くなっている。光秀の後室腹の末子、宇治麻呂は元服して服部平太夫光保、後に戸塚光保と名乗っていたが、関ヶ原の光舎隊へ参加して後に関東に召し出され地の代官となり、名を簑笠之助と改めた。

光秀の従弟の光忠は美濃中洞で機会を窺っていた。一緒に光秀の末子（牧の方の腹では）乙寿丸が元服して荒深光頼と名乗り光忠と兵百人を率いて出陣していた。

「叔父上、光頼で御座います。当座の兵は百人強で御座いまするが、足りなければ一両日中に倍の兵を用意出来ますが、如何致しましょう？」

光忠が云う、

「いや、それでは間に合わぬ。戦は兵の数ではないのじゃっ、勝機を掴むのが重要であるのじゃっ。それに、戦の強弱は元々は『天賦の才』じゃっ。そなたへはそれがある故に、儂も幼子のそなたへ厳しく稽古を付けていたのは知っておろう。しかし、そなたは益々父上に似てきたぞ。儂が幼き頃に兄上達と稽古をしていた日を想い出すのぅ、儂はどんな手立てを打っても、そなたの父上へは最後迄、敵わなかったのじゃっ。こんな事を想い出すのも、年老いたのかのぅ………。ははははっ」

「畏まりました。では百人強の兵にて急ぎ出陣の準備を整えまする」


天海は家康の元へ合流すべく法体姿で行軍していた。家康の元に着いた天海は進言を何度も行ったが、家康の帷幕の子飼いの若い側近は面白くない。その一人がこう云った。

「おいっ、其所の坊主、上様へ何でそんなに色々と云うのだ（この時点では家康は豊臣家の筆頭家老というだけで天下人を指す上様ではないが、側近達は皆家康を上様と呼んでいた）」

天海は一言、

「三河（家康）殿へ勝たせたいのさ（家康の側近達の殆どは本能寺の時には幼児か産まれていないので家康が織田家との同盟時代に織田家の重臣達だけの呼び名は三河殿と云われてい

た事を知らなかった)」

続けて天海が云う、

「中山道を行軍している秀忠殿の軍勢は必ずや真田昌幸の謀略にて足止めされまする。我々に約定通り兵と鉄砲をお貸し下され、光舎が一族衆と遺臣達を連れ、待っておりまする」

「忝い。三千の兵を分けようぞ」

これにより、明智遺臣達は総勢約五千の兵となった。手筈通りに、細川忠興、筒井定次、黒田長政達の後ろへ付き、もしも山崎のように再び裏切ったら殲滅してくれるとの気迫で恫喝した。

尚且つ、忠興の家臣には進士貞連が、筒井定次は後室に信長存命中に信長の命にて、光忠の姫を貰っていて、その間に出来た子供達等々が再び裏切らぬように画策し、豊臣への復讐に燃えていた。なお、西軍の島津隊が二千の兵しか集められなかったのは、前述の旧い縁戚であるという事と光秀の浪人時代の縁から、山岸家の人々が多数、島津忠垣の所へ亡命していて、求めても兵を送らぬように脚を引っ張っていたのだ。それは、この頃の島津家が三つの勢力に分かれ家督争いに似た相克があったからで、この功績にて、後に家久と改名した忠垣が家督を継いでいる。

九月十五日の朝方、霧の中で関ヶ原の戦が始まったが、上方勢は石田三成隊、宇喜多秀家隊、大谷吉継隊しか積極的に戦わずに、吉継は在陣すると同時に松尾山へ陣取る小早川秀秋の裏切りを警戒して、馬防柵を作った。これにより小早川隊の進軍経路は限られた。

光忠は郎党約百人を率いて中洞を出陣したが増水中の厚見郡の藪川をはやる気概にて強引に圧し渡ろうとしたが運悪く流れて来た流木に馬脚が当たり、乗馬もろとも転倒。川中へ放り出されて、折からの増水に流されて水をしたたかに飲み溺れて亡くなってしまった。

光頼が泪を流し乍ら、空へ問いかける。

「叔父上ぇ〜、何故に天はこんなに叔父上へ無情の仕打ちをするのだぁ〜。うっうっうっ…………」

「叔父上を頼むぞっ」

光頼は涙乍らに遺骸を家臣達に護らせて、自身は兵八十数人を連れて光舎の元へ合流した。

本能寺から何時も持ち続けていた光忠の辞世は、

「誰が為の名ならば身より惜しむらん　果敢無きものはもののふの道」（主君光秀の名誉の為ならば命さえ惜しむものではない。自分が山崎の戦いへ参加していたらこのような事態は無かったものを。かくなる上は最期の戦いを見せつけてくれようぞ）

戦局は一進一退で現在の午前十時半頃に霧が晴れ始めたが、小早川秀秋は迷っていた。家老の稲葉正成は仕切りに関東方へ味方するよう促したが、決断が付かなかった。毛利輝元が大坂城へ上方勢の総大将として入ったが秀頼を擁して動かなかった。毛利勢は毛家は南宮山の出口で動かなかった為に毛利秀元や安国寺恵瓊や長束正家や長宗我部盛親達は動くに動けなかった。

光舎は家康の陣にとって返して、

「三河（家康）殿、其れがしが小早川へ鉄砲を放ちます、戦は音で御座います。それでも動かない場合は大砲を放ちませ、それではっ」

光舎隊は負傷しようが腕がもげようが何があろうとも上方勢への突撃と銃撃を繰り返した。その獅子奮迅の闘いは亡き光秀の弔い合戦を遙かに超えて、民の平穏への光舎自身の最後の戦いと云えた。

稲葉正成の元妻は光秀の重臣、斎藤利三の娘の福（春日局）で家康との間に出来た後の三代将軍家光の生母であった。正成は秀秋へ仕切りに裏切りを勧めたが、もう一人の家老は上方勢への与力を勧めていた。

実戦経験の少ない三成の陣からは狼煙が何度もあげられたが、まだ年若い秀秋は迷いに迷い続けていた所へ光舎隊からの鉄砲が射かけられた。狼煙と鉄砲の音では与える影響力は格段の差がある。

光舎はそれでも秀秋が動かないと見ると再びとって返して、

「三河（家康）殿、大砲を全て撃ちなされっ」

と叫ぶと、再び上方勢の陣地を荒らしまくっていった。

天海は帷幕へありて家康に進言した。

「三河（家康）殿、勝機で御座りますぞっ」

家康は迷わずに大砲を撃ちかけた。

秀秋はその音を聞いて、全軍に石田隊と宇喜多隊の側面と後方を突くように下知を出した。上方勢は総崩れとなり、脇坂安治、朽木元綱、小川祐忠らもが寝返った。南宮山へ陣取っていた諸将達も敗走して上方勢の死者約八千人を残して石田隊達も敗走した。戦は大勢を決して、家康は三成の佐和山城を囲んだ。やがて佐和山城も落城した。

安国寺恵瓊、小西行長、石田三成の三人は捕えられて十月一日に京を引き回されて六条河原で首を斬られた。


毛利の外交僧の恵瓊が斬られたのは、秀吉の中国大返しの時の講和への参画の天海達の復讐でもあったが今回の関ヶ原でも積極的に三成側で策謀していた事への報復でもあった。

この恵瓊の往生際の悪さは、命懸けで側近衆が逃がしている時に、従者はただ二人となり、

「最早、これ迄と見受けます。介錯を致します故に潔く御自害なされませ。我等も後を追いまする」

するると恵瓊は、

「厭じゃ、厭じゃあぁっ～」

と泣きじゃくりはじめた。

従者二人は呆れ果てて、

「我等は、このような人の為に命を賭けていたのか」

と、悲憤慷慨し二人互いに胸を突き合い自害して果てた。この従者二人の死に方も恵瓊の

運命を市中引き回しの上で斬首という極刑へと至る原因となったのだ。

宇喜多秀家は逃亡して薩摩へ落ち延びて暫く島津家へ匿われたが、後に捕えられて八丈島へ遠島の刑となった。

戦後の西軍側への改易等の処分は苛烈を極めていたが、最早徳川家へ逆らう者はいなくなっていた。豊臣家を除いては………。

十二月に、文禄（一五九五）四年に豊臣秀次が解任されてから空いていた関白に九条兼孝が任じられた。この事により豊臣家の関白職世襲は終わりを告げた。特に五摂家の関白、太政大臣への執着は現代人が想うよりも、ものすごく、約二十年関白を独占した豊臣への恨みは甚だしいものがあったのである。それを想う存分に謀略へ利用した家康であった。

慶長（一六〇三）八年に家康は征夷大将軍、右大臣、源氏長者、淳和奨学両院別当に任じられた。そして十年に将軍職を嫡男秀忠へ譲り、徳川家の世襲で将軍職は行われると示した。慶長（一六〇七）十二年には駿府城へ移って大御所政治を始めたが、その裏には何時も天海がいた。豊臣家は和泉、摂津、河内の一大名となったが、まだ年若い秀頼がいて大坂城から動かなかった。さらに牢人を多く雇い入れていて、幕府側の警戒心を強めた。

天海は家康と密談を重ねて、豊臣殲滅へと長い時を掛けて動き始めていた。

慶長（一六一三）十八年に天海は家康から硝石の産地である日光山光明院一帯の寺領を貰った。天海は後の家康の死後に光明院の跡に輪王寺を建て、その側に東照宮を建てたが、輪王寺が建った時に日光山へ登り、その辺り一帯を「明智平」と名付けた。

「どうしてですか?」

と問う従者へ、

「明智の名前を残すのさ」

と哀しげに云った。

その時に、天海が見ていた空の方向は、鳥羽の海雲寺の方角であり、また法体へと戻ってしまった玄琳への無言の意思の顕れであった。徳川五代将軍綱吉の時代に明智家再興が画策され、光秀の遺した莫大な金銀が掘り出されたが、結局、再興は政治的な理由と災害にて叶わずに、また日本の何処かへ埋め戻された。これは天海の遺志を知る人達が元禄の世には生きていたからである。それは後の事として。

光舎は関ヶ原の戦の後で再び法体となり、玄琳として慶長（一六一三）十八年六月六日に大日庵にて自らの姿を父、光秀として画像を南国和尚へ描かせた。それに光秀とかつて親交のあった妙心寺第九十世管長闌秀和尚へ賛を書かせた。「機前易地巨禅叢」とは、「世間から姿を変えて大伽藍の中にいる」という意味がうたわれている。これは玄琳自身が光秀の享年と同じ五十五歳となった時に光秀を偲んで書かせたものだ。これが現在は光秀画像として伝わっている。玄琳は最早、自分の出る幕は無いとして妙心寺の塔頭へ住み、本能寺と山崎大合戦の戦死者の供養に心血を注いでいた。

慶長（一六一四）十九年五月二十一日、天海が家康を駿府城へ訪ねて密談した直後から、方広寺の大仏開眼供養が中止となり、やがて有名な「国家安康君臣豊楽」の鐘銘事件へと発展したが、これも天海と家康の側近衆の崇伝らの仕掛けた戦への前哨戦であった。

豊臣家は家老片桐且元を使わして弁明に努めたが、離間の策を喰い、大坂城内で片桐且元の居場所が無くなる程の呈であった。

豊臣家は且元を家康と通じていると断じて九月に追放すると、家康は大坂方は牢人を集めて謀叛する計画と豊臣家への宣戦布告をしたのである。これが大坂冬の陣の始まりであった。

天海は二条城の家康の帷幕へ参じて、崇伝と共に、十一月十三日に南行するのは悪日なりと忠告して出陣を十五日へ変更させたり、茶臼山の本陣で諸将達の前でこう云った。

「昨夜、蛙合戦の夢を見たのじゃが、南蛙と北蛙が入り乱れて戦い、遂に北蛙は敗れて死傷夥しかった。正しく大坂方は北蛙故に、この合戦勝利疑い無しで御座る」

これを聞いて諸将達の士気は極めて上がる。士気を鼓舞するのは軍師の役割として充分だ。

十五日、家康は二条城を出て、大和路を取って大坂へ向かい、秀忠は伏見城を出て、河内路を取って同じく大坂へ向かった。大坂方は籠城作戦を採っていた。

十九日に両軍の衝突の火蓋がきってとられた。初戦は徳川軍の圧勝であったが、鴫野・今福の戦いは激戦で勝負が付かない程であった。

これで大坂方は自信を持ったが、次戦で徳川軍が圧勝した為に、大坂方は城に閉じ込められる迄に追い詰められていた。

真田丸で真田信繁（幸村の俗称で有名であるが、信繁が正しいとされている）率いる鉄砲隊に徳川軍は悩まされたが全体として徳川軍の優勢は動かなかった。その時に家康の側から和平交渉が大坂方へ持ち込まれた。

初めは淀殿の猛烈な反対で、大坂方は和議へは消極的であったが、それと見て、家康は十二月十六日、大砲による一斉射撃を行ったのだ。大坂城中は大混乱に陥って和議への機運が高まっていった。

一度目の和議の交渉は両者の間の条件面でかけ離れていたものがあり、決裂してしまったが、二度目の交渉で結局は粗（ほぼ）、家康側の主張通りの線で和睦が成立した。

条件は要点として、大坂城は本丸のみを残して二の丸、三の丸は壊平する事。二つ目として、淀殿は人質に江戸へ取らない事。三つ目として、大野治長と織田有楽斎の二人からそれぞれ人質を差し出す事。この三つであったが、謀略にて具体的な内容は特に二の丸、三の丸の処置において決まっていなかったので、この事が後に大きな問題となるが、大坂方は軽く考えていた。

和議が結ばれて、十二月二十三日から惣構の堀が徳川軍の兵達によって埋め立てられ始めた。作業は昼夜兼行の突貫工事で行われたが、二十五日になって三の丸の堀が埋め立てられ始めた所で、慌てて大坂方から大野治長と織田有楽斎の二人がすっ飛んできて抗議したが、家康は二条城へ天海と共に戻ってしまっており、後を託された本田正純は病と称して、その使者と逢おうとしなかった。大坂方の正式な抗議は家康と秀忠の元へは達しておらずに、そのまま三の丸から二の丸へと壊平が行われていった。翌年の一月十九日には大坂城は本丸のみの裸城へなってしまっていた。

天海は慶長（一六一五）二十年二月十四日に仙洞御所へ伺い、後陽成上皇の拝謁を賜る。天台の血脈を院に授けたてまつり、また院も今回の東西の講和の調停に多大に尽力した功を讃えて、数々の御下賜品をくだされ、その上に山王一実の祭祀法を相伝された。

この山王一実神道というのは、叡山護神の神道で、天台宗三諦の深儀と等しく、衆生成仏を説き、諸民安穏の祭道である。

翌日、天海は比叡山へ登り、天下泰平を祈願して、飯室谷へ入った。

慈恵大師の高足、慈忍和尚の墓前にも祈りを込めて、秀忠が打ち合わせ通りに、大坂方を再び攻める謀略が整い、江戸を経つ準備も整う二月十七日の日付で供養塔を造った。

谷を出て、坂本の西教寺へ寄り、読経をし終えた天海は坂本の町の墓石屋の店先を訪ねた。

「旅の者じゃが、追善供養の為の石灯籠を一基造って戴きたいのじゃが」

「それは有り難う御座います。してどの様な物がよろしゅうござりまするか」

「これくらいの物でよいのじゃが」

と店先へ立っている灯籠を指差した。

「では、そうしていただき、御供養の文字の方は？」

「そうさな、持ち合わせの矢立では碑面の文字も書けまい。筆を貸して貰えぬか」

「あまりお気に召すほどのものは、御座りませぬが」

と親父の差し出した筆を手に取り、心を静めるように筆を手にしたまま、静かに瞑目した。

そして心の中で祈った。

（父上、これで戦は終わりまするぞ…………）

やがて、

「奉寄進　願主光秀　慶長二十年二月十七日」

と書き記した。

「飯室谷を登って横河に行く小路があるな。あの途中に慈忍和尚の墓がある。これをその前辺りに建てて欲しいのじゃが」
「有り難う御座います。承りました」

光秀の死から三十三年後の大坂夏の陣の幕開けとなる秀忠の江戸出立の日に合わせて、豊臣家殲滅の戦を仕掛ける天海であったのだ。それと同時に今迄とこれからの戦での犠牲者への供養をも忘れない所が如何にも天海らしい所である。

六章　静謐への行進

慶長（一六一五）二十年三月十二日、大坂城では火薬が製造されていて、兵糧、木材を船場に蓄えた上で大野治長は一万二千人強もの牢人をかき集めていた。秀頼は当座の金銀を牢人達へ配り、戦闘態勢を整えていたが、徳川方も大坂方も家康の九男、義直の婚儀の祝意を伝える等々、お互いに手の内は隠して表面上は和やかさを押し出して、戦闘準備を急いでいた。

家康は天海との打合せ通りに大坂城へ使者を出した。内容は、秀頼が大坂城を退去して伊勢か大和へ移封するか、大坂城内にいる牢人を全員放逐するかを迫った。当然の事乍ら、大坂城の軍議では決戦あるのみと決まり、御触れが大坂城中へ出された。

四月四日、家康は駿府城を出て大坂へ向かった。翌五日に大坂方から、国替へは応じられないと云う事実上の宣戦布告をして来た。

四月六日、家康は遠江へ着いた所で、伊勢、美濃、尾張、三河等の東海の諸大名へ鳥羽、伏見へ出陣するように命じた。更に西国の大名達へも出陣命令が下った。

四月十八日、二条城へ入った家康が天海との密談を再び始めた。

「三河（家康）殿、此度の戦こそ最後の戦で御座る。戦が終わり次第に直ぐに改元の上奏を行いませ、そうさな…………、保元の乱からの混乱の世を此度の戦で無くすと云う意味での元号は元和が宜しかろうと存じます。古典では偃武と書経の中に御座います。その二つを採って元和偃武の考え方を大名や文人達だけでなく、民達の胸の中へも染み渡らせられ無ければ此度の戦が意味の無きものとなってしまいますぞ。何よりも父の心へあった事柄は戦の無い世界を望んではいたものの父達の代では出来なかった故、我々明智の者達は三河（家康）殿へ託すのです。我等も武士の嘘として武略を用いて来ましたが、此度でそれも終わりで御座る。しかし、大坂方も侮れませぬ故に、本能寺の二の舞を避ける為に秀忠殿とは別の道程を歩んで貰ったのです。此度の戦は秀忠殿の戦で御座いますぞ、勝つ為にはどんな非道も行う覚悟を決めなされ」

家康が答える。

「それは云われるまでもなき事じゃっ。しかし、そなたは御父上と生き写しの頭のさえじゃのう、儂はそなたを得るのが遅すぎた故に、倅も失いもうした。その恨みは我が家臣の過怠じゃからのぅ………」

想わず、泪ぐみ乍ら家康は続けた。

「だからこそ、今回は万全の闘いの用意をしたのじゃっ。御父上の光秀殿の想いを叶える時は今来たのじゃっ」

天海が云う、

「それでは詰めの御確認を………云々」

二人の密談は三刻（約六時間）も続いたが、二人ともに若年の織田家の同輩だった時を想い出していた。懐かしい青春の日々に駒を駈けていった覇道を今、二人が歩み出した。最期の闘いへと。

大坂城では、大野治長、治房兄弟、木村重成、真田信繁、後藤基次、明石全登、毛利勝永、長宗我部盛親等が主戦派であったが、治長は和平派で治房は主戦派と分かれる始末であり、一枚岩とは云い難い情勢であった。大坂城の堀が埋め立てられている以上、籠城策は採るべくも無く、野戦での決戦が採用された。

五月五日、家康、秀忠はそれぞれ二条城、伏見城を出陣して河内へ駒を進めた。

六日から、道明寺、若江、八尾の戦が何れも兵力と士気へ勝る関東方の勝利で終わって、後藤基次が戦死している。

七日、天王寺の戦、岡山口の戦で、真田信繁が戦死した。

この時に、家康の孫娘で秀忠の娘千姫（秀頼の正室）が家康の所へ送り返されて来て、秀頼の遺児達の助命嘆願を命懸けで行った。

家康には一つの折衷案として豊臣家を石高の極めて低い公家の一つとして存続させる事が側近の案として上がったのを勘案した事があり、千姫の自分の命を捨てた嘆願に心が動きかけた。その気配を見て取った天海が気色ばんで大声で家康へ云う、

「上様、（人前では三河殿とはもうこの頃は云わなくなっていた）子孫へ禍根を遺す事となりますぞ」

「……………………」

天海の剣幕に家康は無言で暫くいたが、意を決して、国松を始め、秀頼遺児達の男子は打ち首。女子は尼とする事柄を決定して、総攻撃の命を出し、翌八日には秀頼、淀殿の自刃で永い豊臣家殲滅の天海達の復讐の帳はおりた。

秀頼、二十三歳。淀殿、四十九歳であった。

この豊臣遺児達の殲滅において、直後、家康は側近達へ、

「あの時程、天海の事を畏怖ろしいと想った事は無かった」

と、述懐したと云う記録が残っている。東海一の弓取りと云われた程の家康を震え上がらせる天海達の復讐心であった。

また大坂方へ付いた大名や牢人達の捕縛は長い時間をかけて徹底的に行われた。

豊臣家が倒れ名実ともに徳川の世となり、慶長は八月十三日をもって元和と改元された。世に云う元和偃武の考え方は、武器を偃せて用いないという意味であり、この後約二百五十年幕末迄続くのである。

一国一城令が公布され各大名の本城を除く全ての支城を破壊した。

八月十七日、「武家諸法度」「禁中並公家諸法度」が発布されて武力だけでなく、法律的にも徳川へ逆らう事柄は出来なくなった大名達である。

さらに、秀吉の築いた大坂城は完全に破壊されて、新たに徳川の城としての大坂城が建造された。我々が今日観ているのはこの徳川時代の大坂城を復興したものである。秀吉が夢を完膚無き迄に痕跡すら残さなかったのは家康の想いもさる事乍ら、天海こと光重の復讐である。

人は戻らない日々を生きている。

天海の心に浮かぶのは、父、光秀の本能寺の客殿が爆発した時の泪であった。あれ程の哀しい泪をその時以来、見た事は無く、また流した事も無かった。

(父上………、終わりましたぞ)

高い空を見上げ、胸の中で反芻するように父、光秀の最期の言葉を想い出し、その面影に語りかける天海であった………………。

元和（一六一六）二年一月二十一日、家康は劇烈なる腹痛を訴え病の床へついた。

家康の臨終の側へいたのは、本多正信、藤堂高虎、崇伝、天海の四人であった。家康の遺訓が現代も遺されているが、紹介しておこう。作者は天海である。

「人の一生は重荷を負て遠き道を行くか如し　急くへからす　不自由を常と思へは不足なし心に望起らは困窮したる時を思い出すへし　堪忍ハ無事長久の基　怒りは敵と思へ　勝つことはかり知りて　敗くる事知らされは害その身に至る　己を責めて人をせむるな　及いさるは過きたるよりまされり」

この内容は少なくとも家康よりも前の時代に万の軍勢の総大将の経験が無ければ書けないものである。このような事柄から天海の正体が取り沙汰された事もあった。

四月十七日、家康は生涯の幕を閉じた。享年七十五歳。

天海は上洛して、内裏に拝謁を請い、亡き家康の神号を請い奉った。「東照大権現」の神号を賜り、天海自身は大僧正へ任じられた。

この後、天海は徳川幕府の黒衣の宰相と云われ、秀忠、家光をよく補佐した。天海の遺訓も紹介しておこう。秀忠や家光へも伝えたと云われるが、若い僧達へもよく云っていた。

「人馬を得、武具を用意し、役儀を欠まじとおもわば美麗を好まず、正に倹約を守るべし、仕方は唯我が身不自由を堪忍するに在と知るべし。事たればたるにまかせて事たらず、たらす事たる身こそ安けれ。仁過ぎればよわくなる。義すぎればかたくなる。礼すぐればへつらいとなる。智過ぎればうそをつく。信過ぎれば損をする。気はながく　つとめはかたく　色うすく　食ほそうして　こころひろかれ　大僧正天海（花押）」

終章　無情の横死

天海は不立（ふりゅう）へ問い掛けるように云う、

「長くなったかの、今日の所は此処までといたそうか」

不立が少し躊躇い乍ら、問い掛けなおすように云う、

「天海様、我が父、光慶は何故に自害を想いとどまらなかったのでしょうか」

天海は告げて佳いものか、少々勘案して沈思した後に云った。

「それはの、光慶はまだ若年故に明智の跡継ぎと云う事柄へ対して気負う所があったのじゃ。光舎とは歳が大凡、十余り違っていたから、早く大禄を以ってする明智の嫡男として立派になろうと気負い過ぎていたのじゃ。一時の事とは云え、肝心の山崎大合戦の時には熱病で動けなかった侮根もあろう。若さ故の純粋さと云えばいいかのぅ。余りにも思い詰めてしまったのじゃの。我等へとっても光慶の自害は痛恨の極みであったぞ」

不立が続けて云う、

「天海様の見立てでは、そうでありますか………、然れども明智家再興の任は拙僧でよい

のでありましょうか。伯父の光舍様へは御子も沢山おるそうでありますが」

天海は云う、

「光舍は山岸の家の嫡子じゃ。何よりも明智の再興は上様（家光）も了解済みじゃ。亡くなった秀忠殿は信長殿の姪を正室へしている。其所では、信長殿が生きていた時に朝廷からも認められた惟任の嫡男、光慶の子である事が幕閣を説得する武器となるのじゃっ。光舍の子では、その辺りが弱いのじゃ。その点、そなたは光慶の次男、申し分の無いものじゃ。儂に任せてくれぬか、悪い事は云わぬものじゃて」

不立が応える。

「天海様が仰るのならば、異論はありませぬ」

天海は満足そうに頷き重ねて云う、

「春日局殿も、そなたへ逢う事を楽しみへしておられる。儂と春日局殿の働きかけにより、上様と明智家の結び付きは歴代の徳川将軍の中で最良のものとなっておる。そなたは嵯峨の天竜寺へ一旦帰り、身支度を調えて再び寛永寺へ来るが佳い。還俗はそれからでも遅くはあるまい」

「畏まりました。伯父上」

蝉はまだつんざくように鳴き声をあげていた。最期の命を惜しむかのように。天海が障子を開けて、空を見上げる。

「空が高いのぅ、こんなに空が高く見えるのは何時以来かのぅ。儂も心のつかえがおりて久し振りに晴れ晴れとした心地じゃて。この想いは大坂の陣以来かのぅ。あの日も空が高かったのを覚えておるが」

盛りと比べると少し弱くなった夏の陽が傾く頃に、境内の片隅で桔梗が揺れていた。はにかんだような笑顔を見せる不立の面立ちが桔梗の花びらへ向けられていた。白い雲が湧き上がる痛い程の青空の中で小鳥の囀りが遠い空にこだましていた。

不立は寛永寺へ数日逗留した後で、京へと帰って行った。


天海は登城して、春日局と向かい合っていた。

天海が云う、

「我等の念願の明智家再興の段取りが付きましたぞ。不立は洛西の天竜寺へ向かい、身支度が出来次第に寛永寺へ来る予定で御座る。局殿には幕閣への睨みを利かせて貰いたいのじゃが」

春日局が云う、

「願っても無い事でありまする。天海様の悲願はわらわの悲願でもあり申す、心添えはやぶさかではありませぬ。既に、上様へもよく云い聞かせてありまする。御心配はいらぬものと想いますが」

天海が応える。

「儂も老いて、身体も痩せてきてしもうた。儂は二度と旅をする事も無いと想うが、この再興への道程が最期の旅と云えばいいかのぅ、まだ気を緩める訳には行かぬのは局殿も同様で御座るぞ」

春日局が応える。

「判っておりまする。だから、そんなに気の弱い事を云わないでおくれまし。わらわの支えは天海様なのですから」

「そうじゃったの。はははは」

何時か空は茜色へ染まっていたが、やがて夕立が降ってきた。明日からの慌ただしい日々の始まりを示唆するかのように、雷が江戸城の人いきれすら、打ち消すかのように。

不立は天竜寺へ着いた後で、知己の人々に別れを告げて、再び江戸の寛永寺へと向かう前に、丹波国亀山の谷性寺へ参拝した。

住職へゆかりを話して、本尊の不動尊を観せていただき読経をあげた。僧侶としての最期

の勤めであるかのように。光秀の本能寺を決意した後での行いへ想いを馳せ乍ら、住職との歓談に花が咲いたが、やがて、

「おお、もうこんな時刻か。行かなければ。それでは持て成し深謝致しまする」

もう暗くなり始める所ですからと、宿を勧める住職の言葉を振り切り、江戸へと向かう不立であったが、これが運命の分かれ道となった。

「すっかり、暗くなってしまったのぅ、急がねば。今宵の内に東山迄、向かわねばならぬ」

夏の終わりと云う事で、陽の落ちるのが遅い事柄を考慮に入れなかったのは、何時もならば慎重な不立をして再興へ向けての高揚感が邪魔したのであろう。それが命取りとなった。

幕府は秀忠、家光と所謂、お家取り潰し、つまり改易を徹底的に行っていた。その結果、牢人が溢れて中には夜盗まがいの強盗事件も多発していた。そんな治安の悪い中で、一人法体姿で江戸へ向かう不立は恰好の目標となってしまっていた。

不立が京の東山の音羽の辺りを歩んでいた時だった。

突然、五人ばかりの牢人風の男達へ囲まれた。牢人と云うよりも山賊に迄、身を落として

いた輩と云ってよかろうが、その一人がいきなり斬りかかって来た。

一太刀目は何とか避けたものの、月明かりだけの夜は暗い。其所へ、もう一人の男も斬りかかる。多勢に無勢と判断した不立は走って逃げようとしたが、焦ってつんのめってしまった。

ここぞとばかりに襲いかかってくる牢人達をなんとかかわし続けていたが、やがて太刀が右の腹に刺さった。

「ぐぉっ。伯父上…………」

不立は最期迄抵抗したが、複数の太刀を五月雨に浴びて絶命した。

夜盗まがいの男達は、

「ちっ、想ったよりも持っていなかったな。この坊主」

と吐き捨てると袈裟等、少しでも金になりそうな物を剥ぎ取って、何処かへ消えて行った…………。


訃報は天竜寺を通して江戸へともたらされた。その第一報を聴いた天海は、

「南無三宝っっ」

と叫んで絶句して天井を仰いだ。

（儂が護衛を付けなかったばっかりに…………）

悔いたが後の祭りであった。


取るものも取り敢えず、登城する天海を春日局が出迎えた。

「天海様、まことで御座りまするか。不立殿が生害あそばされた由は」

肩を落として天海が云う、

「まことじゃっ。儂が護衛を付けなかったばっかりに、牢人崩れの物盗りへ殺されてしもうた」

「おおおおっ、天は何と非情なのでしょうか。して、その牢人達の身柄は捕まりましたのか」

天海が応える。

「京都所司代で取り調べを受けておるが、思想的な背景は無いそうじゃっ。完全に物盗りの仕業だそうじゃっ。いまいましい」

春日局が声を掛ける。

「天海様、御心中お察し致しまする。わらわへ出来る事があれば、なんなりと」

「一先ず、再興の話は一旦白紙に戻すしかあるまい。今日の評定で上様へ儂が申し出るとしよう…………」

天海の体躯の良い背中は、老いが一段と進んだように、痩せた身体を支えていた。それを見る春日局の双眸も潤んでいた…………。


江戸城の広間で、並みいる大名や老中達が家光へ向かい並んでいる。天海は家光の横へ座っていた。

其所へ春日局が入って来た…………。

何時もそうであったが、春日局は天海へ、『臣下の礼』を何時もよりも長くとった。

天海は、

「春日局殿、拙僧はそのような者ではありませぬ。お止め下され」

幕政へ権勢を振るっていた春日局は、そんな仕草さえ微塵も感じさせずに云った。

「いいえ、わらわは永久に貴方様の臣で御座います。終生、これは変わりませぬ故に」

それを聴いた天海の双眸が潤み、見る見るうちに泪が溢れた。すぅっと、一筋の泪が鼻梁を伝う…………、それはあの日の本能寺の変での父光秀の泪と同じく、誰もが顔を見る事すら憚られる哀しい泪であった…………。

天海の胸の中で、父と観ていた琵琶湖の水面が浮かび上がり、泪がその湖へと墜ちる………。再興への燃えるような想いが、その泪で消されてゆくかのように焱は消えてしまった。天海はその炎が消えた煙が哀しみと共に瞳へ向かうような気がして、何時迄も瞳の潤みは消えなかった。煙が目に滲みて堪らなかった。こんなに哀しさを感じたのは、父光秀の首の皮を小柄で削いだ時以来であった………。

それ以降、明智家再興は五代綱吉の時代に光秀の遺した埋蔵金が家臣の子孫によって掘り出されて画策されたが、実行へ移される事は無く、そのまま幕末を迎えた。

秋の吐息の風が吹き抜けて行く、寛永（一六三一）八年の夏の終わりであった………。

（了）

あとがき

わたくしが明智光秀の研究を始めてから、もう三十二年が経とうとしている。時には命懸けで研鑽に努めて来た。今回の上梓に寄せて、引用を許して下さった、故徳永真一郎氏、同じく、故二階堂省氏、信原克哉氏には深謝しきりである。徳永氏は脳梗塞の闘病中にも拘わらず引用を許すとの丁重な手紙を娘様から戴き、二階堂氏も永年の光秀研究の現地調査で御身体が不自由になられ乍らも達筆な手紙で許して下さった。信原氏も永年の研究に命懸けであったであろう御著書の何処の引用も御許可を下さり、感謝の想いで満腔の慶びである。また、わたくしの研究に欠かせなかった光秀のファンの友人達の弦川稔氏、朝間章仁氏、軍事の本を紹介して下さった竹谷清史氏、和田タエ子氏、作家の上田秀人氏達には深謝するばかりである。彼等とは当時、意見交換のメールや手紙や電話のやり取りをしたが、二階堂氏との毎日の手紙で、こんな記述を交わした記憶がある。

所謂、軍記物（現代で云う小説やドラマみたいなもの）として、学者の高柳光寿氏と桑田忠親氏の両名共に『誤謬充満（ごびゅうじゅうまん）の悪書』と著述している元禄期の日本で初めての活版印刷で片仮名の振り仮名が漢字へ振られているのも明治以前ではこの本だけの「明智軍記」と云う本がある。この本の軍事的な記述は多々現代軍事と照らし合わせても正しい記述が多い。発刊は綱吉の時代だが、文法は家光の時代であり、おそらくは家光が将軍から家綱の時代くらいには明智へ関する本は多数あり、現在、発刊されている「明智物語」以外にも沢山の光秀の本があったに違いない。それらを実戦経験のあるかなりの高位の者が編纂した蹟が見受けられる。先に記した軍事的に正しい記述の所を高柳光寿氏や桑田忠親氏は『誤謬充満の悪書』と指していると想われる。わたくしも引用参考文献にあげてはおいたが作品の中では余り引用はしていない。これも後世の研究が待たれる事柄であろう。

わたくしが何時しか光秀へ興味を持つに付け、どうしても避けられない部分は本能寺の変から山崎の戦であるのは必然的であった。そんな中で、一九九六年十月十九日に、或る疑問から推論を立ててみたのだが、それを少し長くなるが記述したいと想う。

それは信長の本能寺の前の羽柴秀吉苦戦の為の中国援兵の兵数へ対する疑問であった。当時の政治的な状況は畿内は悉く信長の領地となり、天正十年春には武田氏を滅ぼして、関東へも勢力を延ばしていた。後北条氏政は誼を通じて来ていたし、当面は大きな軍事的な動きは要らない情勢であった。其所で、一般的に云われる信長の西国征伐へ対する疑問が浮かんで来たのだ。

ここからは、あくまでも私見による仮説・推理である。

秀吉は毛利と内通していたのでは？　その露見と信長の「羽柴粛清」の意図を感じた為に秀吉は一か八かの賭けに出たのでは？

この疑問を元に兵力を単純に毛利＋羽柴とすると約五万〜六万。

信長が命令した「中国援兵」の総数は明智一万三千。

摂津衆八千。細川七千〜八千。筒井一万。

信長本隊（信忠もなら約百二十万石の兵力がプラスされる）二万。

他のかき集め兵力五千。信忠を二万として、計八万三千〜四千。

これに四国遠征軍の津田（織田信澄）・丹羽・信孝軍もいる。

そして明智がこれに参戦するとするなら、四国の長宗我部も加わる可能性は高い。まるで織田の総力戦である。

また普通上洛する時の人数は二万です。

高々多く見積もっても三万にはほど遠い二万ちょっとの毛利を倒す為の兵力とはとても想えない。単に「中国援兵」の明智・細川・筒井・摂津衆だけでも多すぎる。また四国遠征軍が出発予定としていたのは六月二日。

しかし「しけ」の為に見合わせていてこの日になったという。

ここの辺りも洗い直す必要がありそうです。

わたくしは織田の長宗我部との絶縁は明智光秀と織田信長のしくんだ謀略・策略ではないのかと仮定した。

当時阿波にいたのは羽柴派の三好氏。四国遠征軍はこの先鋒としての三好氏の援助の為に渡海するとされているが、それならば先兵隊として既に隊列が完全に整っていた津田信澄隊が渡海していてもよいはず。

また丹羽・信孝隊が兵の掌握に戸惑っていたと云う通説もなにか変である。

そして長宗我部氏への織田の意を受けた明智の使者は何回か渡海しているが、それは丁度甲州攻めがほぼ終わり、織田氏の朝廷政策に執権の立場の明智光秀が動いている頃。

また甲州と四国・中国という多面作戦をこんなに短期間に行っている。

普通こういう大きな政治的な策謀の準備は一年から二年ぐらい前から始めていないと遅いのである。その天正九年と云うのは反信長グループが暗殺計画を始めたと想われる年です。天正九年一〜三月頃には甲州・四国・中国進攻は計画されていたはず。また武田攻めの内通者をつくるのと同じく長宗我部・毛利にも光秀の謀略の手が伸びていたはずである。

その中で秀吉は身の危険を感じ謀叛を企む。

光秀はそれを察知して織田信長に報告しているはずである。

（一説に察したのは羽柴の援軍要請時点という）

先の疑問の中で、特に甲州・四国・中国すべてに内通者を作っていたはずであるから、あんなに急いで中国・四国出陣をする必要をわたくしは感じないというか、ちょっとひっかかる。

ここで別の切り口から推測してみよう。

一番。「四国」が終わって、または終わりつつある頃に「中国」にかかる。

二番。逆に「中国」が終わって「四国」にかかる。

（この場合、羽柴が謀叛を企んでいる事が天正十年五月頃には明白であったという仮定を頭の隅に置いて冷静に分析してみよう）

そうすると一番は信長にとって羽柴が謀叛すると非常に良くない事になる。四国の東半分が三好氏のものになるし、備中の羽柴は百万石である。毛利と組まれたら大変な「獅子身中の虫」となってしまう。

しかし地理的にはこちらが先の方が、後の九州を考えても抜群に良い。

「中国」を先に攻め取ると補給線の確保などで、横に長くなり、また海を渡りさえすれば直ぐに京へ達してしまう「四国」をそのままで置いておくのは万一の際極めて危険である。

そして羽柴さえ忠節であればベストの選択である。

しかし明智氏と長宗我部氏の縁戚関係からも、当時の常識から云っても「四国攻め」の副将は明智光秀であるべきである。

そうならなかったのは、光秀を別の作戦で使う必要があった為だろう。

二番はどうかというと、史実は堺に「四国遠征軍」が留まっていたから、援軍を待つ三好氏は下手に動けない状態だった。

長宗我部氏は当時三好氏を追い詰めており、三好氏は防戦一方であったと云う。真偽はわからないが事実であるなら、わざわざ急いで長宗我部氏を敵に回す事は「中国遠征」をまず控えている信長にとっては賢い選択とは想えない。後から四国にかかるとすれば、ひとまず長宗我部氏と和して「四国攻め」は「中国攻め」の後に光秀が副将となるのが良策だろう。

当時の織田氏版図は広大かつ強大ではあったが、まだまだ関東は基盤固めの段階にも達していない。

そして徳川氏も不気味であり、また柴田は苦戦とまでは行かないが、民心のなつきが悪く一揆に悩まされていた。

（これが柴田勝家が大返し出来なかった原因の大きなもの）

このような状態で当時の織田氏の動員兵力の二分の一以上、三分の二近い軍勢を西国二つの方面に分けて同時に侵攻させるというのは、疑問が浮かぶ。

もしも東国や北陸で何かあった時はどうするのか。

またたとえば「毛利の三道策」のように、一つの敵や一つの国などに対して方面軍を編成し異なる道から同時侵攻させるのは兵法の理(ことわり)にかなう。

しかし、この信長の政略は四国と中国という全く違う作戦であり、しかも織田全兵力の大半を割いてまで行おうとしていた。これがどちらか一つを攻略してからもう一つというならば理にかなうばかりか後の九州攻めの基盤づくりも兼ねて、尚且つアシストが出来る。


それならばどちらも危険ではあるのだ。しかし両方とも攻めとらなければならないのなら、どこをどう考えても「四国」が前でなければ、地形的にも戦略的にも駄目だと想う。なぜなら先に書いたように「中国」を前にするのは危険度が高いのである。

なのに何故同時に大軍を二つに分けてまでも同時にするのだろうか? どちらか一方でも頓挫した場合に大きなリスクを負う。そして備中は羽柴優勢であるならば、備中には後詰めを出す程度で良い。備中はそのまま羽柴にまかせ、そして明智光秀に四国攻めへ向かわせ、四国平定後に中国に向かえば無理なく、しかも四国方面から毛利を牽制できて、九州への足がかりも兼ねた基盤固めをし乍ら、中国を攻められるではないか？

ここで一つ、絶対に忘れてはいけない事実がある。織田信長という人は負けない戦を心がけた武将である。特に明智光秀が軍師となったあとはそれが顕著です。

だったら、何故、メリットよりもデメリットが大きい「中国」を先に攻める手はずを整えたのか？　しかも明智光秀が援軍の大将。軍師光秀自身を動かさなければならないほど信長は中国出兵を重要視していたのであろう。

通説では「四国・中国」は同時に侵攻する手はずだったと云う。
（明智軍出陣は六月一日だが予定よりも、もっと一週間以上早く中国へ行く事が出来た。丹羽軍出陣は「しけ」で遅れて六月二日に決まっていたと云う）

しかし先の推測からも同時というのはおかしい。
また「しけ」と云われる大坂から四国への海の荒れは有名で、とても予定の立てられるようなものではなかったはずだ。

信長の当初の計画では「中国遠征軍」は派遣するつもりは無く、

畿内地区を固める畿内常設軍として、しばらくは動かす予定は無かったようだ。

学者はこの「中国遠征」について、羽柴の救援の為と定義づけているが、援軍要請の書があったあと、当然、織田信長からの視察隊が備中へ行き、その実情を信長は判っていたはずである。（往復と視察に四～六日ほど）

羽柴優勢で援軍の必要性は無し、と。

ならばリスクを冒してまでも「中国」に出兵するよりも、当時兵力の足りなかったとされる、「四国遠征軍」に史実で命令を下した「中国遠征軍」の兵力の三分の一なり二分の一なりを割いて、残りは畿内の安定を図りつつ、もしもの場合の後詰め用とした方が合理的だし、またそうするのが当然のはず。

なのに中国へ明智光秀を派遣すると急いで決めた。

もっとも妥当な策は先に四国へ光秀を加えて派遣するなり、または光秀自身は信長の側に置いていても、明智軍の部将の幾割かを四国遠征に加わらせれば、当時の常識としての、武士の面目も立つ。では何故そうならなかったか？

それは「朝廷政策」が理由の筆頭。次に「羽柴謀叛」だろう。

この二つの中で「羽柴謀叛」には織田軍団最強部隊であり、もっとも統率のとれていた明智軍全軍がどうしても必要だったのではないか。

信長の下した「中国援兵」の命令書に惟任日向守が中位に署名されているのは、この辺のからみがあるのではないか？　それとも信孝の丹波国人への徴兵令書のように、豊臣氏の捏造した偽書なのか？　この辺は今後の課題である。


そして信長の上洛は重大な「朝廷政策」の為であり、それらの引き起こす動揺を考えても京周辺の明智・筒井・細川・摂津衆を動かして空にしてしまうのは危険だし、万一の際の立て直しにも大変である。

そして安土に常駐の信長護衛隊は最低四千〜六千である。ところが天正十年六月一日頃に安土で軍勢を集めていたが、やっと二千にも満たない兵が集まりつつある所だったらしい。

この六千〜八千程度の兵で近江と京周辺の数カ国で何かあった場合に動き回れる兵数ではない。

なのに何故、「中国援兵」をしたのか？

いや、せねばならなかったのか。

◆◆◆

という事は織田信長はこのようなリスクを冒さねばならないほど、「中国出陣」をしなければならなかった。

理由はこれしか考えられない。
であるなら、矛盾である。中国備中の戦況は羽柴つまり織田氏優勢なのだ。
誰が考えてもおかしいではないか。

ここで、無理の無い仮説はもう一つしかない。織田信長はそこまでのリスクを冒してまでも「中国出陣」をせねばならなかった。その理由は前述の一番に関連する、
★「羽柴の毛利への内通による、速やかな羽柴粛清の為の出陣」
である。
この★マークの所を前提とすれば、援兵軍の数の多さ。
四国討伐の中断。信長の冒すリスク。
すべて「状況証拠」ではあるが、筋道立てて説明出来る事になる。

これは「誠仁親王即位」と同じく、「状況証拠」だけしかないので、資料による証明は出来ない。

しかしあまりにも、その「状況証拠」は揃いすぎている。

そして先の備中の視察にかかる日数の目安は約四～六日ほどであるが、明智光秀が坂本城に留まっていた「謎の滞在期間」は約十二日間である。

この辺りにも何かあった気配がある。様子を探った期間ではないのか。光秀が坂本城に戻る前に、二人っきりで、安土城で信長と光秀は密談を二刻近くしている。この十二日間というのは信長・光秀・秀吉、他の部将達それぞれにとって策謀がつぎつぎと絡み合った日々のはず。

また「朝廷政策」についても、明智光秀は織田政権の執権的地位にいたわけであるから、大きく関わっていたはずである。この部分で羽柴からの情報を持ってきた人物の神谷宗湛と、暗殺計画の密謀に加担する結果となる。

「今上皇帝」との関わりがこれからの研究に注目される所です。

陽光院天皇（誠仁親王）は本能寺の変の後で、残された記録でも光秀に緞子を贈っている。これは学者は二条御所から逃がしてくれた御礼と云っているが、非常に不自然なのである。なぜなら、それが密かに行われたものだから。本能寺直後の政権は光秀のものなのだから、密かに渡す必要など全く無いのに。

豊臣の治政には本能寺の変と山崎の戦（天王山の戦とも後日云われるようになった）の記録は、秀吉が書かせた『惟任退治記』の一つしか約二十年間無かった。無理矢理、明智一人に悪を背負わせて、大名達の前で読んで聴かせて、尚且つ所領でも退治記を広めるように強制していた。

然れども、当時の人々の大半は真実を知っていた。時代と共に記録に遺らないため抹殺され、記録された「うそ」のみとなった。現代、「うそ」は真実扱いされ、秀吉の想い通りになった。家康は「謀略の人」のように想われているが秀吉を許せず、秀吉の墓を暴き復讐した。江戸期においては明智家の子孫である事柄は支障にはならなかったが、維新後に上官へは絶対服従の風潮から悪のスケープゴートへ光秀はされた。

またこれは勝手な想像だが、日本の歴史学界や作家達には、一つの暗黙の了解が有ったのではないか。ひとえには、特に戦後の「革新勢力に利用されるのを避けて防ぐ為に」光秀を同じくスケープゴートへしたのではないかと。

信長、光秀、秀吉、家康と戦国後期の時代を代表する武将を調べて行くと、どうしても「本能寺」を通らないと、次へ進めない。ここの場面の進み方を誤ると、必ず「あれっ」と想う所が出る。特に作家、小説をお書きになる方々は基本的なキャラクター設定を誤ってしまう、故に作品全体のトーンまで決定してしまう。

「恵林寺」焼き討ちは、信長が行った事ではなく、信長の真似をした信忠の責任において、行われたもので、大抵の場合信忠が父の真似をし、意味の無い殺戮をした程度の事くらいしか記載されていないのが実情だと想う。これが「本能寺」のきっかけで有るとは江戸期のある武士が記している。

信長は「新しい時代を表現」する為に合戦以外でも多くの人を殺しているけれど、何らかの思想がある。本人はどう表現したか判らないけれど、事細かく調べると必ずと云って良い程、信長の意に介さない者、邪魔立てするグループがある。「恵林寺」には、これが無いし、信忠が真似したで黙殺されているようなものだ。本能寺以後、情勢の悪化にも光秀は何の心の乱れも無かった事は「あらかじめ予測してあった事だから」である。哀しい事柄ではあるが。

光秀と羽柴との間で（徳川とも）約があり、明智軍は柴田へ対するはずであった事や光秀に話を持ち込んだ人物であり、羽柴に情報を漏らしていたのは博多の商人神谷宗湛である事は多くの心有る人々の「目」が開かれて欲しいと云う想いで書いた。この本は天皇家に対する記述でもあり、日本の歴史上の英雄を「反天皇」に利用されるのを避ける為に光秀はかっこうのスケープゴートだった。足利義満は「日本国王」と名乗っただけでなく、「足利天皇」をやってしまったから暗殺されたのだ。信長の「天下布武（日本の国体の大改革）」は将軍家も天皇家も利用するだけ利用すれば、皆殺し状態であった。信長資料の『信長公記（しんちょうこうき）』にしても信長の思想は見えてこない。ここは本書の安土城の絵の事柄をよく読んで読者の方々が思索して欲しかったので書いたのだが、太平記よりも前から、「もう日本の國は持たない」と云う考えが室町期全体を通してあったから、信長の玄孫か、その子位の時期に古代中国で云う所の「正式な禅譲」をするというのは朝廷側から出て来た事柄なのだ。つまり日本で初めて「易姓革命」をすると。しかし、それは信長も光秀も信忠も死んだ後に、まだ天皇家が持明院統と大覚寺統と割れている間が続いていて日本の國が乱れているのをおさめた織田家へ禅譲するという一つの案件であった。正親町上皇は反織田家派で、陽光院天皇は親織田家派であったといわれるのだが、ある時に「主上」や「今上皇帝」と呼ばれていた陽光院天皇は信長を「足利相国の再来か」と怒ったと云われている。それは親織田家派だったからこそ深く知り得た事柄であったのだと想う。それらは秀吉により、消された。秀吉は、光秀の栄光と、信長の思想を完全に消し、豊臣家の未来も消してしまった。

当時、毛利家中で瀬戸内海の水軍を動かし、それに伴う利権を握っていたのは小早川家であり、織田家の重臣の中で（織田家は序列に厳しい）水軍を持っていたのは琵琶湖水軍を持ち、琵琶湖海賊衆を支配下においていた光秀である。堺の津田宗及は光秀のスポンサー。そして当時の信長の方針として摂津（当時の最も重要視されていた経済の拠点）の半数近くを娘婿の津田（織田）信澄へ与える事が決まっていた事。信澄は信長の弟信行の子供で信行は信秀の正室から生まれた事は確かで、しかも人物は織田家随一。この津田（織田）信澄と細川忠興と筒井順慶の嫡男は何れもが光秀の身内である。（筒井定次の妻は光忠の娘、または養女との説がある。）この三人と明智家中には光春・秀満・光忠・光近など一族が光秀の嫡男光慶の後見人になる。京の町衆や地侍を支配下においていたのは光秀だし、領地では近江・丹波・丹後・摂津・大和などとなる。これで本能寺時点での領地を見れば、明智と羽柴とどちらが将来性があるかは誰の目にも明らかである。そして先程の小早川家は瀬戸内海の利権を織田家にとられるのを危惧していた。それは、信長の毛利征伐が終わった後の堺・摂津を拠点とする交易権と瀬戸内海の水軍は織田家中の重臣の光秀に与えられるのは明白であったからだ。羽柴が幾ら中国を取ろうと養嗣子の信長の四男秀勝のものであり、京周辺を明智に取られたら駄目なのである。四国では長宗我部氏が明智の縁戚であり、堺に集まっていた丹羽長秀と信孝と信澄が四国へ渡っていなければならないのに本能寺当日まだ堺にいた。信長は命令違反をゆるさない所があった。つまり信長の命令で四国討伐の変更があったから四国へ渡らずに止まっていたのではないか。明智の縁戚の長宗我部氏が瀬戸内海から小早川と羽柴を牽制したらどうなるか。羽柴は袋の鼠となる。また家康は堺で信長の命令で六月一日に茶会をして二日に伊賀越えをした事になっているが、実際は計略を知り乍ら上洛し、一日に堺を逃げ出している。信長の異母弟の長谷川秀一が信長に家康暗殺を命じられていたのに家康と一緒に三河へ逃げている。そして茶会が行われる予定の家は津田宗及の自宅であり、同じくホスト役の長谷川宗仁は真っ先に本能寺の変を秀吉に知らせている。家康は信長から遠江をもらったが、岐阜城城主の信忠の許可が無い限り軍を東に向けてはいけないという命令が出されていた。

本能寺の変の光秀の目的は信長と信忠の二人を殺すこと。光秀の本能寺襲撃の徳川との利害関係は繋がります。秀吉は明智に味方すると光秀を偽り、中国大返しをやったのである。光秀の手配によって協力を仰いでいながらにして。勿論、史実のように秀吉が裏切る事も、細川・筒井が与力しない事も最悪のシナリオとして予想はしていたのである。信長に中国出兵を云われる前に、既に。それでも明智軍の天下無双の鉄砲隊さえ健在であれば、山崎の戦で勝てたはずである。火薬が濡らされなければ。それほどあの用兵は見事であり、火薬が濡らされていたというのは古今東西において山崎の戦だけである。

四日に征夷大将軍宣下を受けたとあり、朝廷からの勅使を迎える部屋は当時安土城にしか無い。後の明智氏滅亡後、京雀達は光秀の事を十三公方と云ったとある。六月一日の本能寺の茶会に参加した人物のうち、記録の残っているのは、前太政大臣近衛前久、博多の豪商島井宗室、神谷宗湛の三人しかいない。学者も資料が他に無いのがおかしいと云っているが、この三人はグルである。近衛前久は泊まらずに一日の夜、本能寺を出たが、明智軍の信忠への攻撃の時に明智軍は近衛家の屋根にのぼり二条御所の信忠軍を攻撃した。公家の友人に尋ねた所、前太政大臣のしかも近衛家の屋根にのぼって戦をするなど、とんでもない事だそうだ。いかに戦国とはいえ許されない事だと。事前に前久の許可をもらっていたのでなければ、その場の許しなど出ないと云っていた。戦の後にも明智家はその事で咎は受けていないどころか公家衆の歓待を受けている。

そして島井と神谷は本能寺の変の時に高価な掛け軸をそれぞれ持ち出している。「どうせ燃えるものだから」と。つまりまだ戦が始まってもいないのに、信長が負けるとわかっていたから掛け軸を持ち出しているのです。つまり明智軍と信長軍の兵の数まで知っていたという事である。二人とも一介の商人であり、何故、そんな判断が冷静に出来るのであろうか。明智軍は女子供以外は皆殺しの決意で攻めているというのに。そして二人は悠々と本能寺を抜け出している。これは明智軍の一兵卒にいたるまで「二人の商人が出て来るから、この二人はお通しするように」という命令が行き渡っていたから、本能寺を出られたのである。当日は信長一行の宿泊に伴い本能寺の僧兵は退出していた。

堺の津田宗及と島井宗室と明智光秀は茶会仲間だったのです。

後に近衛前久は軍勢まで出した信孝に「成敗してくれる」と云われ、三河の家康の所へ蓄電している。公家の友人は五摂家、特に近衛家と九条家などの関白・太政大臣への執着心というのは、もの凄いそうで、我々の想像以上のものがあり、その為に藤原氏は血で血を洗う殺し合いをしていたと云っていた。

学者は「山崎の戦で明智側が勝っていたら、茶の湯は利休ではなく、宗及のものであったかもしれない」と云っている。津田宗及は堺会合衆の反信長派のリーダーであり、博多の商人は堺に対する信長の対応を見て、信長の西国征伐に危機感を非常に持っていた。この二人の博多商人は豊臣の時代に非常に優遇されていて、特に神谷宗湛の屋敷に秀吉が駒を止めた事柄は、「天下人、それも公家の位を極めた者が一商人の家に駒を止めるなどというのは前代未聞の事」であるのだ。

秀吉に本能寺の確実な情報、つまり「信長親子弑逆」の情報を伝えたのは光秀である。秀吉は六月三日の現代の時間で午後十一時過ぎに毛利への明智の使者を捕え、信長と信忠の死を知り、使者を斬って、和睦して大返しをしたとあるが、この使者の名は藤田某といい、光秀の重臣藤田伝五行政の家臣で、通ったルートは秀吉の領地の中を堂々と通っている。陣地を間違えるような人物では無く、網にかかるような間抜けでも無い。ここで大事なのは三日の夜十一時に『信長父子が死亡』との情報を秀吉が掴んでいる事である。この時間に備中の羽柴の陣地へ着くには、京を二日の昼十二時よりもっと前に発たなければならない。当時の路で京から羽柴の陣地迄約二百五十キロメートル。そして、二日当日は明智軍の織田家への残党狩りが峻烈で織田家側の人間は夜半迄逃げるのが精一杯で、とても本能寺の確かな情報というのは得られなかった事。これが信長が襲われたという情報ならば判るのだが信長父子が自害となっている。つまり、二日の昼十二時以前に信長父子が完全に死んだという確実な情報を掴んでいたのは、光秀とその重臣だけであり、明智軍の下部の人間すら知らなかった事なのです。つまり光秀が羽柴に命を助けてやったのだから、予定通りに早く帰ってきてくれと使者を使わしたのである。

平成に入って丹波で発見された光秀の資料として『王土王臣』の思想を光秀は持っていた。この意味は「この世の領土は全て王のものであり其所に住む住民は全て王の臣である」という考え方です。これを日本に当てはめると「この日本の土地は全て天皇のものであり人民は全て天皇の臣であり、我々は天皇の土地を借りて自分の領土として住まわせてもらっているのだ」という意味になります。幕末の勤王の志士とは違うが、光秀が勤王家であった事は史実の記録でも明らかであり、本能寺直前は「源侍従」の官位を持っていた。また惟任日向守と云うのを明智光秀だけと想っている方々は非常に多いが、元々は古代大和朝廷の名宰相で名武将で名軍師であった惟任日向守と云う人物がいて、これを天正三年に名字と官職をセットで光秀へ正親町天皇から賜ったのは、将来の織田政権において明智家が世襲で江戸期の大老のような職として政権運営を行うというのを内外へ知らしめる意味があった。他の武将は姓か官職一つずつである。ここもポイントの一つであろう。織田信長がよく家臣に光秀の事を語る時に、口癖となっていた言葉が云い伝えられている。それは「光秀こそ、余の太公望呂尚であり、管仲、楽毅である」。古代中国の大軍師、大宰相を引き合いに出しての言葉である。そして子供達に、また一族の者達へ常々こう云っていたともいう。「武士として、人として明智を見習い、羽柴には気を許すな」と。特に信孝へはよく云っていたらしいと云われる。

世の中にはこういう言葉がある。

「歴史というのは通説こそが俗説である」

「代々の言い伝えこそが歴史の真実だ」

この二つの言葉を覚えておいて貰いたい。


「恵林寺」の無辜の民の虐殺は信長に敵対する落ち武者を匿って逃がしたのが原因で、信忠の指揮で非戦闘員である全く無抵抗の人達を約百五十人焼き殺したのであるが、この恵林寺は武田家菩提寺であり、また当時の寺は落ち武者を匿うのは半ば仕事のようなものだし、まして菩提寺の立場ではまさか織田氏に味方するわけにもいかない。それらの事情を無視して虐殺を行った信忠に対して光秀は怒った。そしてそれを咎めなかった信長にも失望した。ここで光秀は信長に諫言をしたが、かえって信忠と光秀の溝は深くなるばかりだった。しかし云われているような打擲は無かったし、光秀も謀叛など考えてはいなかった。ただこの光秀の心情を知った暗殺計画グループが巧みに光秀の心を悪用したのだと想う。本文の細川藤孝が光秀に忠告した時の事を思い出して貰いたい。光秀は信長の傍若無人の振る舞いに心を痛め、そんな主君の心を翻そうと心を砕いてきた。

その悪鬼羅刹のような振る舞いの一つが大量虐殺だった。光秀はその度に諫言をしたが聞き入れられなかった。唯、光秀も信長の政治的な考えも判る。また信長は嬉々として人を殺したなどという受け止められ方をしているが、それは間違いである。比叡山の時も迷って、ある公家に焼き討ちの是非を質問しているし荒木村重の一族虐殺の時も「助けて欲しい」と泣き叫ぶのを聞いて信長は「不憫で仕方が無かった」が佞人（よこしまな狡い心を持っている人々）の懲らしめの為に殺した。その度々にやむを得ない事情が政治的にあった。それは理解した。しかし今回の恵林寺は違う、全く無抵抗の人々を虐殺しただけの蛮行ではないか。政治的にも信長の版図は強大なものであり、大きな敵はいない。（当時太平記の時代から室町の頃は畿内を掌握していれば天下人だった）信長の云う敵を匿ったのが問題ならば、責任者の快川紹喜和尚と数人を処刑すればいいことではないか。なのに無抵抗の良民を焼き殺すとは天下人のする事ではない。恵林寺にいたのは比叡山の時のような悪僧や僧兵ではないのだ。しかも、それを行ったのが嫡男の信忠である。（ここが一番重要）。今後信長が亡くなった後の天下を治めるのは信忠であるが、このような蛮行だけを父から学び取ったような者が天下人では今後の良民達の生活はどうなるであろう。また信長の西国征伐と関東・東北征伐の暁にはもっと多くの良民が虐殺されるであろう。この事に光秀は深く心を痛められたのです。当時の武将達はある程度、反信長勢力による信長暗殺の密謀を察知していた。権力者は孤独であるのは常だが、その信長の真の味方、同調者は他でも無く光秀であった。本文の細川藤孝の言葉が物語っているが、この自分の事しか考えない現代と同じ、戦国の世において、まして信長のような性格の君主に心からの諫言を繰り返すような家臣は稀と想う。だから本能寺の直前の領地と武将の配置をみれば丹羽と共に明智が信頼されていたと想われる。光秀が信長父子を討った思想は基本的に中国の孟子の思想による。「上に立つ君主に悪徳の振る舞いが甚だしい場合、臣下といえども天に代わってこれを討ち、取って代わる」これを本能寺の後で「一殺多生（いっせつたしょう）の剣」と同じく標榜した形跡がある。この孟子の思想は日本では根付かなかった（根付かせなかった）思想であり、後先を考えぬ言葉の上っ面だけを見るような権力者が現れた場合に天皇家そのものが危なくなります。よってこれらを用いた武将は何れも逆臣とされる場合が多いようであるが、朝廷では主に幼君の頃から日野十三家の方々が位は低くとも何時も天皇の側にいて、この孟子を教える事が行われていた。光秀は平常心を保つ事の出来る武将であったが、武道の達人の友人によると一番強い心であると同時に保つのが難しいとの事で、本能寺前後の光秀はこの平常心そのものだった。心中が乱れたのは坂本城に話を持ち込まれた時点では無く、考え抜いて謀叛の成功は確信していた。その時はそんなに悩まなかったが、悩み乱れたのは、顔にこそ出さないが、その決行の意志「時は今………」の句で伝える直前と（伝えた瞬間に平常心へ戻った）本能寺が焼け落ちる瞬間に泪がこぼれた時の哀しみだけで後は敗走の途中に胸を刺される迄、全くの平常心であったと云う。私見としては二つの考え方がある。一つは本能寺の変の直後に自害しようとしたともいう光秀は辞世の通りに悟っていた状態だった。もう一つは情勢の悪化をも予測していた事の一つだったから冷静だった。わたくしは両方と云う気もします。光秀の和歌として残っているものは数多いが、その一つに「心知らぬ人は何ともいわばいえ　身をも惜しまじ名をも惜しまじ」とある。これは玄琳の作であると云う伝えもある。

秀吉が太閤の世で家康に強気に出られなかったのは間違いなく本能寺の事柄で腹で秀吉を威圧出来る何かを家康は握っていた。羽柴は完全に約を破り、また全ての悪を光秀にかぶせた。これに明智氏の遺族や遺臣達は怒り、それらの事が後に光重こと天海をして、関ヶ原で「三河殿に勝たせたいのさ」と云わしめ、その後において徳川氏の為に尽くす原動力となった。

また「清洲会議」も大きなポイントだが良質の資料は無く、何れも秀吉の書かせた俗書の類いにしか詳しい事柄は書かれていない。恵林寺の武田攻めの副将である滝川一益は清洲会議を一方的に外されているが、この会議の出席者に不審な人物がいる。柴田・丹羽・羽柴の三人は当然としても、ここに池田恒興が入っている事だ。この滝川が外され、池田が入った所は見逃せなく非常に重要である。その理由は史実では山崎の戦及び本能寺以後の光秀の最大の政略ミスと云われる第一は摂津の大名の高山・中川・池田の三人を味方にしなかった事。このうち、最も信長に叛意を抱いていたのは池田恒興である。理由は、光秀の娘婿の津田（織田）信澄に摂津の池田の領地を削り与える事が決まっていたからである。（追放の可能性もあった）。高山・中川の去就の動向は結構残されているのに池田に関しては不自然な程記された書が出て来ないのは、島井宗室と神谷宗湛と近衛前久の本能寺前後の記録が不自然な程少ないのと同様である。「山崎」の武将配置を見て、当時の常識として降伏者や寝返る可能性のある者は前線の決まりの中で三人の中では一番にいる事。天王山の取り合いで中川が天王山を主に占拠しているが、この中川は本能寺の混乱の中、秀吉に真っ先に文を送って去就を相談している。光秀が天王山を積極的に取りに行った形跡が無く、鉄砲隊が使えないのなら、それは極めておかしい事で異常事態と云ってもいいほどで、そして高山への光秀の工作はよく知られているが中川へは工作した筈なのに、記された書が無い事。池田にいたっては最も重要な摂津の尼崎近辺の経済の要所の武将であるのに、光秀が工作した事の書の欠片すら無い事等である。そして当時の常識では政治の京、経済の摂津周辺。この二つを押さえずして本能寺の変の後に京都と近江しか押さえないというのは自殺行為に等しい事。また細川・筒井が中立というのも不自然。細川は当主の藤孝が隠居して最も与力の意志を見せた筒井は河内への出兵を途中で折り返し、籠城の用意を始めた事。「清洲」で羽柴が取った領地は丹波である事。丹波は交通の要衝であり、政治の京、経済の大坂の両方を睨む要衝であり江戸時代は殆どが幕府の天領（直轄領）となっている。羽柴は中国大返しの際に「大坂の土地は後々天下人の治める土地であるから、よく守るように」と発言している。そして大坂城を「山崎」の戦の前に建築の準備を始めていた。以上の事実から私見を述べると「山崎」の高山と中川では高山の方が光秀寄りだったと想われる。それは配置図からいって、高山隊は全滅してもおかしくない部署にいる。そして天王山を占拠した中川隊も同様だが、この中川は光秀を欺いた形跡が非常に濃い。鉄砲隊が使えぬ場合に高低差を利用した攻撃は兵力に劣る部隊には生命線である。天王山を光秀があっさりと逃しているのは、この中川が光秀を欺いたというのが一番自然で無理の無い推測と想う。そして鉄砲隊の火薬がわざと濡らされている事を羽柴が知っていたら、光秀にとってはこの中川の裏切りは致命的である。そして、高山・中川は懸命に戦っており、よく羽柴の点数を稼ぐ為と揶揄されているが、池田隊は語られていない。前線に送られてい乍ら、三人の中で奮戦したのは二人。なのに「清洲」で重臣へ抜擢と云って良い昇進。理由は「惟任討伐に功績大」と云う。しかし、その功績が記録に残されていない。これはどう考えてもおかしい。考えられる推測としては池田が羽柴と明智の謀略戦で果たした役割が大きかったしかない。それは『記録に残せない役割』であった筈である。そして「清洲」を外された滝川一益が、その後一貫して反羽柴となっている。細川家の家督を幽斎が忠興に譲っているのも藤孝（幽斎）が当主のままでは、明智への与力を断る事の出来ない理由が何かあったから。もみ消された理由が、つまり事前に何らかの密約があったから、藤孝が当主ではまずかった。忠興に家督を本能寺後に譲ったのなら「現在の当主は忠興。前当主の幽斎との盟約は新当主はあずかりしらぬ」と云う事が出来る。だから光秀は「もとどり」の手紙の中で「一時は腹を立てたが」と書いた。また「愛宕山」の連歌の中で細川父子を指しているととれる歌で「あの二人に話は通っているだろうか、知っていて味方してくれるであろうか」の意を歌い、返歌で「大丈夫ですよ。間違いないでしょう」と返されているが、別の歌で「期待はしたいが望み薄であろうなぁ」と歌っている。また筒井が河内への道からとって返し籠城を始めた事について、興福寺のある僧が「心変わりをなされたか。不審である。不審である」と。つまり光秀との約がある事を、この僧は知っており、「おかしいぞ、おかしいぞ」と重ねて云っている。そして「光秀に筒井は味方してしかるべき」と誰もが見ていた。畿内の大名で最も早く自力で本能寺を知ったのは筒井順慶である。忍者からの注進であると云う。それにより中国への出兵をやめて、大和へ帰ったのが通説。しかし筒井は光秀と約があり、光秀の本能寺決行直後に大坂への出陣を命じられていた。もしも筒井が河内に二日のうちに出発、もしくは急いで準備をして一両日中に出発していたならば、光秀が二日の午後二時に近江の平定に向かった理由は納得出来る。光秀の実弟が順慶であるから、本能寺以後、最も与力の意志を見せ、悩み抜いた順慶。また光秀が事前に命を出していても不思議ではない。そして光秀が洞ヶ峠で恫喝したのも、最後迄、順慶を期待したのもわかる。何より、細川家と筒井家では通説では細川家の方が縁が強い筈だが、光秀は細川家の与力は早々と見限っているのに、筒井家には最後の最後迄、期待している。恫喝しても攻める時間があったのに、攻めずに重臣藤田伝五行政を使わして説得している。軍勢まで僅か七里の所に本陣を出しているのに譜代の重臣自らを説得に向かわせるというのは不自然なのではないか。ただの縁戚であるとか、恩以外の何かがあったからと云う可能性はあると想う。七対三くらいの割合で。また興福寺の僧が「不審、不審」と云うという事は事前に軍事的な準備等、また情報を、この僧は知っていたという事である。順慶が死んだ後に「明智の殿様の祟りだ」と大和や京の人々に筒井順慶が云われたのは、真実を大多数の人が知っていたから。以上が昔のわたくしの「清洲」と「山崎」の事実と推察である。

本能寺の変の日に二条御所の陽光院天皇（誠仁親王）の側にいた公家などの数が異例と云ってもよい程に多い。これは本能寺の変の夜だけで不自然である。（朝廷はしきたりにうるさい）。また光秀は常に信長の側にいて畿内の特に京などの反信長勢力との仲介者の役割をしていた。そして旧室町幕府家臣団を抱えていたのは重臣では光秀だけである。そして、この旧幕府衆は「山崎」で丹波衆と同じく壮絶に討ち死にしている。これは明智軍が官軍、征夷大将軍の軍勢であった事。その光秀に対して足利義昭の密書があった事。また旧幕府衆の中では天正二年七月六日に三淵藤英・秋豪父子が信長の命令で坂本城で切腹して自害している。そういう反信長勢力の中に光秀は常にいた。こういう反信長グループでもある旧幕府衆が義昭から将軍位を奪った形になる光秀の為に奮戦した理由は、義昭の密書に光秀への譲位の意思が書かれていたのが大きいと想われる。義昭が密書の乱発後に足利義昭は「信長を討ち果たした上は…………」と述べている。義昭が密書の乱発をしていたのは事実であるから、この密書が謀叛の理由では無い。しかし謀叛後の天下の平定には大いに利用価値のある文である事は確かだ。そして反信長グループを押さえる役目をしていたという事は、逆に云うと反信長側は光秀の様子を手に取るように調べる事も出来たという事。光秀が反信長側を調べられるように。これ故に光秀は羽柴謀叛を察知する事が出来た。そして「惟任退治記」や「太閤記」等、秀吉が書かせた書にしか光秀の最期は載っていない。光重は光秀の側に常にいて光秀の軍略や政務を吸収していた。本陣にいて光秀の死の瞬間迄、側にいたのは光重だ。本能寺前後に光秀は光重を常に側に置いていた。つまり光重は本能寺の変から山崎の戦における全ての謀略を知っていた人物であるという事である。しかも、ある説では光重が光秀を実の父親との確信を得たのは、光秀が僧兵に刺された後であると。哀しい現実である。

また信長は仏敵と云われるが、僧の名を騙って、私利私欲に走り、本当の仏の道、神の道を踏み外した僧侶、神官を信長は心底憎んだのであり、真心からの本当の信仰へは危害を加えてはいない。「欺瞞者ども!!」と云ったのは、そういう悪僧に対してである。現に諫死した平手政秀の為に「政秀寺」を建てているし、他にも手厚く保護している寺もある。それらは当時において全て政治介入をしていない寺である。また信長は乱暴者と云うがそれも違う。信長は平素はとても優しく、人の心の善の理にかなう事であれば耳を傾けた。（頭で考えた理屈ではあるが）それを云う者がどんなに卑しいとされた身分の者であっても。だが、自分の目標に対して、それを妨げる物は、それらがどのような既存の法則や理念があろうとも、それを打ち壊してでも、自分の意を通そうとする強靱な意志とエネルギーの持ち主でもあった。だから周りの者は呆れ果てても、それを認めざるを得ない気迫と決意の持ち主でもあったから、それを好ましく想わないグループは非常に多かったと想われる。

ここで明智家の事へ話を戻して玄琳の死の様子を紹介したいと想う。玄琳は七十五歳で亡くなっているが亡くなる二日前の寛永（一六三一）八年六月十三日に、本能寺の変と山崎の戦の戦死者の供養をする大法要を自ら行った。敵味方の区別無くである。その様子は老衰で御経もたどたどしくて、しかしそれに参加した若い僧侶達からは啜り泣きが漏れる程の真心の籠もった大法要であったと伝わる。

玄琳和尚こと光舎は一般には山岸晴光と云われ乱を嫌い、常に風月の情に心を寄せて安世の逸を楽しんだ。天海こと光重からは常々還俗して明智家再興を云われていたが断り続けたと云う。光秀の大乱の後は何度も名前を変えて豊臣の刺客へ備えていた。本文にもあるように関ヶ原であれだけの事をした人なのであるから家康も秀忠も共に血と汗を流した同輩として二人の存命中ならば再興は容易であったであろう。しかし玄琳は動かなかった。風月の情に心を常に寄せて随分と和歌等々を残した筈だが、それらは伝わっていない。（本書で採った説では）家光は光秀の重臣で歳のそんなに離れていない甥の斎藤利三の娘の福（春日局）と家康との間の子であり、徳川三代から七代迄は将軍家へ明智の血が入っている。この内で家光の代に幕府と明智家の縁は畏怖ろしい程深くなったが、家光の代では再興は難しく、矢張り家康・秀忠の代でなければ駄目であったであろう。また正史の配置図から特に関ヶ原の戦で明智軍が消されたのは綱吉の代であったのが大きい。綱吉は生母の身分が低かったからかコンプレックスが強く、また治政においても幕府は赤字の上に家綱の時の明暦の大火等々もあり、従来の物は焼失して燃えてしまった物も多いから判らなくなっていたと云うのもあるだろう。因みに大石内蔵助良雄は明智光秀の曾孫である。その他にも子孫は鷺巣氏や時田や戸塚等々、江戸期には旗本や御家人となっている者が多い。本文にも登場した光保は関東に赴任して地の代官となり、最終的な名は「簑笠之助」と名乗った。この簑笠之助というのはわたくしの子供の頃は時代劇の格好良い正義の味方として描かれている事がとても多かったのをよく覚えている。わたくしと同年代以上の読者の方々にもそれは多い事だろうと想う。

　玄琳の残した物は泰平の世に安世の逸を楽しむ人々の笑顔だけだったのかも知れない。父、光秀はこんな名言を残している。

「仏の嘘を方便という　武士の嘘を武略という　土民、百姓はかわゆきものなり」と。

　その治政は民を優先した治政であった。現在で云う不良役人を討伐して、浮いたお金の三分の一を國へ、三分の二を民へと割り振った。民が潤うから税収が上がる。経済の良循環をしたのである。また刑を科するには厳罰ではあったが再教育を必ず自ら責任を持って行い、それでも行いの改まらない者には自ら極刑に処した。またその人柄や人間性は戦国武将とは想えない程の教養人であり、文化人であった。戦国期後期における著名人の中で最も人を見る目があったのは室町十三代将軍義輝であり、次が信長である。これは信長が自ら云っていた事柄で、上洛して義輝へ拝謁する前は自分が一番だと想っていたが、逢ってみたら義輝には敵わなかったと述懐している。わたくしの家は足利一門であるが、室町幕府の最後の希望の星であり、「大樹」と呼ばれた義輝が松永久秀と三好三人衆に暗殺された時点で室町幕府は風前の灯火であり、幕府へ忠節を尽くす家臣団は自らの事しか勘案しない輩がとても多くなってしまっていた。其所に信長が現れてたとえ傀儡と雖も義昭が大人しくしていれば情勢は変わったのではないだろうか。兄の義輝と違い、この義昭と云うのは問題の多い人物であり、僧侶としての学問は出来るが世の中の事柄に疎かった。光秀どころか異母兄の細川藤孝にも見捨てられてしまった事が、それをよく顕していると想う。

光秀は信長の軍師であるが、本当は竹中半兵衛と共に両輪の軍師となって事へ当たる筈であったが、或る時に半兵衛が信長が激昂するのを見て、その怒りの余りの凄まじさに「これは子も家族も一族郎党も関係ない自分だけが危ないぞ」と確信したから、秀吉の目付（外部監察官。現在で云う社外取締役みたいなもの）として信長の側を離れたのだ。光秀は軍師として信長へ仕えてから十五年で二十数カ国の領土を取ってしまった。信長が単独で十年で二カ国だったのであるのと比べると、その軍師としての武功限り無いとの資料の記録は江戸期の武士の共通認識であった。武士は軍人であるから、軍役を持っているし、また昔の人は勤勉である。江戸期は本能寺の変の原因は怨恨説が大半であり、明治期から野望説が出て来た。現在は近年やっと学者の人達の本能寺の変の研究が始まったばかりで、様々な説がとても多いが殆ど一般の方や文筆家の方々が研究しているようである。

光秀と信長は性格が似ていた。似ていたから馬が合ったのである。また光秀の祖父の叔母が信長の曾祖父の正室であるともいうから薄くではあるが血も繋がっていた。また信長の正室の濃姫は光秀の従妹であり、本能寺の変後は次男の信雄の保護を受け天寿を全うしている。

わたくしは十代後半に偶然に母方の地元の本屋で徳永真一郎氏の明智光秀と歴史読本の明智光秀特集の本を買って読んで「この人は悪い人ではない」との「確信」を得たの

だ。寝食を忘れて研究を始めて、若い頃は京都を始め現地調査へも行った事を鮮明に覚えている。その中でも平成四年に亀岡市の谷性寺へ行った時、その日はよく晴れていて庭と路傍には桔梗の群生した海原があり、見事さに心打たれた想い出がある。その時だけかも知れないが特別に普段は檀家へも見せない本尊の不動尊像を見させていただいた。

わたくしは、いつも辛い道を選んでいた。人間だから無意識に楽な方へ脚は動くが、わたくしは十九歳の時から鉄条網を踏みつけて自分自身を鍛えて来ました。それはわたくしは才能に満ちあふれて産まれて来た訳では無いのと、家族や親族は余り芸術に理解が無く親族には多少はいるのだが就職による転勤等で逢えなくなり、人生の様様な転機に対して、独り歩きをしいられ、誰にも云わずに歩いた。いつも辛い道を歩いたこの脚を静かになでたら、涙が零れた。夏の丹波の亀山で、桔梗の海原に、光秀の首塚が祀られている平安時代からの古刹へ行った時に。住職さんの前で本能寺の後の山崎の戦の真実と様様な事柄を語り、御参りをした時に、そして本堂へ入った時に確かに『帰ってきた』と強く感じて。その時の感触は言葉では表す事は難しい。光秀は逆臣との汚名を随分と長く被って来たが近年やっと評価が佳い方に変わってきたのは誠に結構な事である。が、今尚誤った認識は根強く残ってくすぶり続けているのは事実であろう。平成の御代も終わり、令和の御代となった今こそ、正しい歴史とは何であるかを掘り下げてゆく時期に立たされているのではないだろうか。拙著「鳶色の夢」がその一助へなれれば著者冥利に尽きるものである。わたくしは詩詞も書くのだが、タイトルの「鳶色の夢」は所謂降りてきた言葉なのです。鳶色の瞳と云えば頭にその色が浮かぶ。しかし所謂彩度の表を出されて鳶色をどれかと指そうとするとこれはグラフィック・デザイナーの方でも難しく困難な事柄なのです。そんな所から「鳶色の夢」の意味は「若き日の夢」とか「歳を取っても持ち続ける純粋な夢」と云う意味があります。この本が多くの人の瞳に触れて、光秀とその子供達の想いが心有る人達の目を開かせる本になれれば幸いである。最後に表紙のデザインを担当してくれた友人の梅原聡氏や株式会社パレードの下牧しゅう氏、また校正校閲や編集の皆さんに深謝の想いを捧げて終わりたいと想います。有り難う御座いました。

「水に桔梗の花が咲き　天にうたれて散りゆくを　讃えてつぐる人も無く　真の心誰ぞ知るらむ」聞間一郎

（了）

この作品を亡き父母と兄へ捧ぐ。

『鳶色の夢』主要参考引用文献

1　信長公記　太田牛一著　中川太古訳　新人物往来社

2　明智軍記　二木謙一校注　新人物往来社

3　戦国の人々　高柳光寿　春秋社

4　三方原之戦　高柳光寿　春秋社

5　長篠之戦　高柳光寿　春秋社

6　本能寺の変・山崎之戦　高柳光寿　春秋社

7　賤ヶ岳之戦　高柳光寿　春秋社

8　明智光秀　鷲尾雨工　恒文社

9　明智光秀　資料で読む戦国史　藤田達生・福島克彦編　八木書店

10　戦国の光と影　覇権と技術と位置　井塚政義　日貿出版社

11　明智光秀　徳永真一郎　ＰＨＰ文庫

12　太閤の手紙　桑田忠親　講談社学術文庫

13　茶道の歴史　桑田忠親　講談社学術文庫

14　太閤豊臣秀吉　桑田忠親　講談社文庫

15　明智光秀　桑田忠親　講談社文庫

16　歴史随想　明智光秀の生涯　二階堂省　近代文芸社
17　明智光秀　高柳光寿　吉川弘文館
18　信長の夢「安土城」発掘　ＮＨＫスペシャル「安土城」プロジェクト　ＮＨＫ出版
19　戦国武将２０１裸のデータファイル　歴史読本スペシャル　新人物往来社
20　日本史・黒幕の実像　森川哲郎　日本文芸社
21　陰陽道の本　日本史の闇を貫く秘儀・占術の系譜　学習研究社
22　影印本　連歌作品集　廣木一人編　新典社
23　新潮日本古典集成　連歌集　島津忠夫校注　新潮社
24　戦国時代ものしり事典　奈良本辰也監修　主婦と生活社
25　明智光秀　資料とともにたずねる智将明智光秀のゆかりの地と劇的な人生　信原克哉　編集工房ソシエタス
26　日本史おもしろ推理　謎の殺人事件を追え　楠木誠一郎　二見文庫
27　徳川三代と女房たち　中島道子　立風書房
28　歴史読本　織田信長一族の謎　昭和六十一年九月号　新人物往来社
29　別冊歴史読本　戦国風雲忍びの里　新人物往来社
30　歴史読本　英雄不死伝説　昭和五十三年新年号　新人物往来社
31　歴史読本　戦国大名と海の豪商　昭和五十三年新春号　新人物往来社

32　歴史読本　本能寺の変　昭和五十六年八月号　新人物往来社
33　歴史読本　織田信長　真説「本能寺の変」一九九二年十二月号　新人物往来社
34　歴史読本　細川幽斎と明智光秀　新視点・本能寺の変　二〇〇〇年八月号　新人物往来社
35　角川日本史辞典　第2版　高柳光寿・竹内理三編　角川書店
36　新詳説　日本史　井上光貞・笠原一男・児玉幸多　山川出版社
37　日本の歴史　中央公論社
38　歴史群像シリーズ【戦国】セレクション　俊英　明智光秀　学習研究社
39　歴史群像シリーズ特別編集【決定版】図説・戦国地図帳　学習研究社
40　国盗り物語　司馬遼太郎　新潮社
41　巨椋池　坂本博司　宇治市教育委員会
42　続々群書類従　雑部一巻
43　光秀行状記　明智滝朗　中部経済新聞社
44　呪術と占星の戦国史　小和田哲男　新潮社
45　現代に生きる戦略・戦術　天王山の戦い　旺文社
46　戦略・戦術・兵器事典2【日本戦国編】歴史群像グラフィック戦史シリーズ　学習研究社
47　信長公記　太田牛一著　桑田忠親校注　新人物往来社
48　歴史読本　戦国豪商列伝　昭和五十八年八月号　新人物往来社

49 歴史と旅　山崎・賤ヶ岳の合戦　昭和五十八年四月号　秋田書店
50 信長の戦国軍事学　戦術家・織田信長の実像　藤本正行　ＪＩＣＣ出版局
51 別冊歴史読本特別増刊　総集編　日本史名僧ものしり百科　新人物往来社
52 戦国武将　戦略・戦術事典　小和田哲男監修　主婦と生活社
53 新名将言行録　奈良本辰也監修　主婦と生活社
54 別冊歴史読本　織田信長天下布武への道　一九九二年二月十三日第二刷　新人物往来社
55 別冊歴史読本2　疾風！　織田信長軍団一〇〇人の武将　一九九〇二月十八日発行　新人物往来社
56 朝倉義景　水藤真　吉川弘文館
57 石田三成　今井林太郎　吉川弘文館
58 長宗我部元親　山本大　吉川弘文館
59 足利義昭　奥野高広　吉川弘文館
60 歴史読本　秘宝・名宝の日本史　天皇・戦国武将・伝説の宝　二〇〇一年五月号　新人物往来社
61 迷宮の日本史あの人の「足どり」　歴史の謎研究会編　青春文庫
62 兼見卿記
63 比叡山史　闘いと祈りの聖域　村山修一　東京美術
64 明智光秀　榊山潤　時代小説文庫
65 二人の天魔王「信長」の真実　明石散人・小机種彦　講談社

66 織田信長と明智光秀　加来耕三　学習研究社
67 日本史小百科25　将軍　高橋富雄　近藤出版社
68 明智光秀　徳永真一郎　青樹社
69 天海　堀和久　新人物往来社
70 日本の名僧　政界の導者　天海・崇伝　吉川弘文館
71 日本の合戦　第三巻　群雄割拠上　桑田忠親　監修・編集　新人物往来社
72 日本の中世1　中世のかたち　石井進　中央公論新社
73 日本合戦全集4　戦国乱世編　桑田忠親　秋田書店
74 県史シリーズ25　滋賀県の歴史　原田敏丸・渡辺守順　山川出版社
75 筒井順慶とその一族　籔景三　新人物往来社
76 明智光秀のすべて　二木謙一　新人物往来社
77 細川ガラシャのすべて　上総英郎編　新人物往来社
78 日本史用語集　全国歴史教育研究協議会編　山川出版社
79 明智物語　内閣文庫蔵本　関西大学中世文学研究会編　和泉古典文庫
80 群書系図部集　第三　続群書類従完成会
81 ＮＨＫ歴史発見2　ＮＨＫ歴史発見取材班　角川書店
82 日本古戦場一〇〇選　会田雄次監修　秋田書店

83　信長と天皇　中世的権威に挑む覇王　今谷明　講談社学術文庫
84　戦国合戦事典　応仁の乱から大坂夏の陣まで　小和田哲男　ＰＨＰ文庫
85　桔梗の旗風　南條範夫　文藝春秋
86　信長に「反逆」した男たち　早乙女貢・小林久三・新宮正春・童門冬二・南原幹雄・火坂雅志・星亮一・萩尾農編　教育書籍
87　武将と名僧　百瀬明治　清流出版
88　織田大名衆―信長とその部将　飯田忠彦著　杉山博監修　新人物往来社
89　奈良・京都地名事典　吉田茂樹　新人物往来社
90　日本史文献年鑑'75　地方史研究協議会編　柏書房
91　出版図書目録　１９９８.５　続群書類従完成会
92　系図纂要　第12冊下　清和源氏（７）　名著出版
93　歴史と旅　特集明智光秀とは何者か　一九九八年十一月号　秋田書店
94　歴史読本　特集細川幽斎と明智光秀　新視点・本能寺の変　新人物往来社
95　斎藤道三　桑田忠親　新人物往来社
96　日本逆臣伝　渡部英三郎　虎書房
97　明智光秀　早乙女貢　東方社
98　戦国武将　小和田哲男　中公新書